Ich will dich, aber ...

Christina Stöger

Ich will dich, aber ...

Ein erotischer Liebesroman

*Bibliografische Information der Deutschen Nationalbibliothek:
Die Deutsche Nationalbibliothek verzeichnet diese Publikation
in der Deutschen Nationalbibliografie; detaillierte
bibliografische Daten sind im Internet über http://dnb.dnb.de
abrufbar.*

© 2013 Christina Stöger

Illustration: **Sinya Ambar Coverdesign**
Lektorat: **Mikki Patrick**

Herstellung und Verlag: BoD – Books on Demand, Norderstedt

ISBN: 978-3-7386-4363-0

Inhaltsverzeichnis

Prolog - 7
Eineinhalb Jahre später - 11
Gedankenkarussell - 27
Besinnliche Weihnachten - 43
Silvester - 56
Der Traum - 74
Das Fitnessstudio - 78
Alex und die Ledercouch - 84
Wellnesshotel - 94
Ich will dich, aber ... - 114
Das Ende - 127
Maskenball 132
Entzaubert - 145
Freiheit - 153
Epilog - 158
Danke - 161
weiter Bücher - 162

Prolog

»Das ist jetzt nicht dein Ernst, oder?« Vollkommen fassungslos stand ich in unserem Wohnzimmer und starrte Flo an, der seine Koffer packte. Ich war gerade zurück aus der Schule und fand ihn nun so vor. »Was machst du da?«, fragte ich mit zittriger Stimme, denn ich konnte mir denken, was das zu bedeuten hatte.
»Anja, Liebling! Du bist schon zurück?« Flo ließ die Hose, die er eben aus dem Schrank genommen hatte, um sie in seinem schwarzen Reisekoffer zu verstauen, sinken. Der Koffer war bereits bis zum Bersten gefüllt, doch noch immer wanderten Kleidungsstücke aus unserem Schrank, aus seiner Seite des Schrankes, um präzise zu sein, hinein. Nein, er packte nicht für einen gemeinsamen Urlaub - das war sicher. Ich merkte in diesem Augenblick, in dem ich im Türrahmen stand, wie mir schwindelig wurde und ich mich setzen musste. Kein Wunder, wenn einem der Boden unter den Füßen weggezogen wurde. Natürlich wusste ich ganz genau, was diese Aktion bedeutete: Florian wollte ausziehen!
Ich hatte mich vor diesem Moment immer gefürchtet und nun war er da. Dabei hatte der Tag doch so wunderbar angefangen. Heute Morgen war ich aufgestanden, hatte meine Tasche gepackt und war zu meiner allerletzten Abiturprüfung aufgebrochen. Mit Abgabe der Prüfungsunterlagen endeten die vergangenen eineinhalb Jahre intensiven Lernens und gipfelten in dem Erlangen der Fachhochschulreife. Seit heute Morgen um kurz nach halb elf hatte ich es also geschafft. Ich hatte mich so sehr gefreut, als ich die Blätter meines geistigen Ergusses beim aufsichtshabenden Lehrer abgab und hoch erhobenen Hauptes die Turnhalle, in der die Prüfung stattfand, verließ. Ich war beschwingt und voller Freude über den Schulplatz gesprungen, hatte meinen Mitschülern noch

kurz etwas zugerufen und war zu meinem Auto gerannt. Das Gute daran, dass ich meine Fachhochschulreife nachgeholt hatte, war, dass ich, im Gegensatz zu meinen Mitschülern, bereits ein Auto fahren durfte. Kunststück, ich war auch schon sechsundzwanzig Jahre alt. Mit neunzehn Jahren, während meiner Ausbildung zur Bürokauffrau, lernte ich Florian kennen und wir hatten uns auf Anhieb verliebt. Es hatte nicht lange gedauert, bis ich bei ihm einzog. Bis zu diesem Zeitpunkt hatte ich noch bei meinen Eltern gelebt und der Sprung vom behüteten Elternhaus in eine gemeinsame Wohnung mit meinem ersten, richtigen Freund war groß gewesen. Ich hatte lernen müssen zu kochen, zu putzen und die kleine Zwei-Zimmer-Wohnung sauber zu halten. Wir hatten uns geliebt, gestritten und wieder versöhnt. Wir hatten zwei wundervolle Urlaube an der holländischen Küste verbracht und er hatte mir ans Herz gelegt, mich weiterzubilden und den Abschluss zur Fachhochschulreife nachzuholen. Natürlich waren meine Klassenkameraden alle einige Jahre jünger, doch das störte mich nie. Ich fühlte mich nicht wie eine Sechsundzwanzigjährige. Wobei sich die Frage stellt, wie man sich in dem Alter zu fühlen hat. Jedenfalls war ich immer ICH geblieben. Ich hatte Spaß am Leben, ging zusammen mit Florian auf Partys und büffelte wie eine Verrückte für meinen Abschluss – den ich nun in der Tasche hatte. Tasche – ja … da stand auch noch eine gepackte Tasche vor unserem gemeinsamen Bett.

»Anja, Herzchen«, begann Florian wieder, schlich mit gesenktem Kopf auf mich zu und setzte sich neben mich auf den Boden. »Wie war deine Prüfung? Du bist schon so früh … also ich meine, ich hatte erst viel später mit dir gerechnet. Ich wollte …«, stotterte er, hob meinen Kopf mit seiner rechten Hand und blickte mir in die Augen. Diese brannten bereits und ich hielt mit Mühe die Tränen zurück.

»Was? Was wolltest du? Einfach verschwinden? Mir einen Zettel auf den Küchentisch legen und …? Aber …

Warum?« Das letzte Wort schleuderte ich ihm entgegen und die bis eben nur schimmernden Tränen ergossen sich in einem wahren Sturzbach über meine Wangen. Er wollte mich einfach so verlassen?!? Statt einer Antwort nahm er mich in die Arme und drückte mich fest an sich. Meine Schultern bebten und ich schluchzte an seiner Brust. Langsam und zärtlich fuhr seine Hand über meinen Rücken und streichelte meine langen, blonden Haare. Normalerweise sah ich aus wie ein Engel. Lange, blonde Locken, ein süßes Puppengesicht und große, blaue Augen mit langen Wimpern, die ich nie zu schminken brauchte.
»Anja, mein Engel«, flüsterte Flo in diesem Moment dicht an meinem Ohr, doch ich konnte die Nähe nicht mehr ertragen. Wütend befreite ich mich aus seiner Umarmung, stemmte meinen Körper an der Innenseite des Türrahmens nach oben und brüllte ihn wieder an: »Warum?«
»Weil ich meinen Lebenstraum verwirklichen kann! Weil ich endlich nach Boston fliegen und dort in der Bank eines Freundes arbeiten kann! Weil ich dort mehr Geld verdiene als hier, und weil ich dort mal was anderes sehe, und weil ... weil ... weil ... wir uns ohnehin nicht mehr lieben!«, schleuderte er mir entgegen und hatte sich auch vom Boden erhoben.
Wütend blickte er mir ins Gesicht. Oder war es eher Trotz? Ich konnte und wollte das in diesem Moment aber alles nicht so einfach hinnehmen.
»Wir lieben uns nicht mehr? Wer sagt das? Ich liebe dich, du Arsch! Und das weißt du auch ganz genau! Doch du lässt mich hier alleine! Was soll ich denn in diesem Kaff ohne dich? Warum kann ich nicht einfach mitkommen und ...«
»Weil ich deine Klammerei einfach nicht mehr ertrage!«, unterbrach er mich zornig und mir blieben die Worte im Halse stecken. Bitte was? Er ertrug meine Klammerei nicht? Wer von uns war denn hochgradig eifersüchtig? Wer wollte denn immer wissen, wo ich mich gerade

aufhielt, mit wem ich meine Zeit verbrachte und was ich den ganzen Tag so trieb, wenn er in der Bank war. ICH war das bestimmt nicht! MIR war es vollkommen egal, was er tat – solange er es mit mir tat. Doch all das behielt ich für mich. Er wusste es ohnehin.
»Soll das bedeuten, du liebst mich nicht mehr?«, fragte ich mit zittriger Stimme und wischte mir wütend die Tränen aus dem Gesicht. Wenn er jetzt »ja« sagte, dann war alles klar. Ich würde keine Szene machen. Ich nicht! Das hatte ich mir vor langer Zeit einmal geschworen. Irgendwie hatte ich insgeheim mit diesem Moment gerechnet – dem absoluten Alptraum. Doch nun, wo er wirklich da war, war er gar nicht so dramatisch. Wahrscheinlich war die ganze Situation wie ein Hurrikan – wenn man sich im Zentrum befand, war auch alles nicht so schlimm. Doch um einen herum ging die Welt unter. Vermutlich würde erst die Zeit danach der Horror werden.
»Ja ... also nein«, sagte Flo in diesem Augenblick und ich merkte, wie meine Gedanken sich verselbstständigt hatten.
Ich wusste die Frage, die ich ihm gestellt hatte nicht mehr. Sehr komisch.
»Nein, ich liebe dich nicht mehr«, sagte er noch einmal, da er meinen ausdruckslosen Blick nicht deuten konnte. Er hatte bestimmt erwartet, dass ich ihn erneut anbrüllen, vielleicht sogar Geschirr durch den Raum werfen oder sonst wie hysterisch werden würde. Doch genau diesen Gefallen würde ich ihm nicht tun.
»Alles klar, weiß ich bescheid. Dann fahre ich nun zu meinen Eltern und bleibe da, bis du verschwunden bist. Wir holen später meine Sachen und ich lege dir den Schlüssel auf den Küchentisch. Den Rest kann deine Mutter ja erledigen. Sie macht ohnehin alles für dich, Herzchen«.
Die letzte Spitze konnte ich mir nicht verkneifen. Ich drehte mich auf dem Absatz herum, warf meine lange Mähne in den Nacken, griff nach meiner Tasche, stieg in

meine Schuhe und verließ erhobenen Hauptes unsere gemeinsame Wohnung. Die Tür fiel hinter mir ins Schloss und ich bereute in diesem Augenblick, dass ich ihm nicht doch einen Teller an den Kopf geworfen hatte. Den schweren, bunten beispielsweise, den er neulich von seiner Mutter bekommen hatte. Noch im Treppenhaus zog ich mein Handy aus der Tasche und wählte die Nummer meiner Eltern.
»Mama? Ich komm wieder nach Hause«, sagte ich, als meine Mutter sich meldete.
»Alles klar, ich richte dann schon mal dein Kinderzimmer. Was willst du zum Abendessen?«, war ihr einziger Kommentar und ich war ihr dankbar dafür.

Eineinhalb Jahre später

Ich sitze in meinem Apartment, starre aus dem Fenster und sehe den weichen, weißen Flocken zu, die langsam zur Erde tanzen, und denke über die letzten eineinhalb Jahre nach. So kurz vor Weihnachten bekomme ich immer meinen Moralischen, auch, wenn ich nicht mehr das kleine Püppchen bin, das ich vor so langer Zeit noch war. Ich habe mein Leben selbst in die Hand genommen und, wie ich finde, viel erreicht. Nachdem ich wieder mein kleines Kinderzimmer in der Wohnung meiner Eltern bezogen hatte, ging die Welt erst einmal unter. Ich weigerte mich zu essen, lag nur noch apathisch auf meinem Bett und starrte Löcher in die Luft. Nichts und niemand konnte mir in dieser Zeit helfen. Das einzige Mal, dass ich mein Zimmer verließ, war, als ich mein Abschlusszeugnis entgegen nahm. Ich war die Drittbeste meines Jahrgangs – doch auch das konnte meine Laune nicht heben. Ich stellte mir bei allem, was ich tat vor, wie es wäre, wenn Flo noch an meiner Seite gewesen wäre. Doch das war er nicht und würde es auch nie wieder sein - davon war ich überzeugt. Wie ich meine persönlichen

Sachen aus seiner Wohnung geholt hatte, wusste ich nicht mehr. Ich hatte auf Autopilot geschaltet, viel geweint und zwischen Wut auf Florian und Selbstvorwürfen geschwankt. Irgendwann hatte der Zorn gewonnen und war später in Gleichgültigkeit übergegangen. Ab diesem Moment begann ich wieder zu leben. Den ersten Schritt, den ich unternommen hatte, war zum Frisör zu gehen. Der kleine Laden in der Innenstadt war der beste der Kleinstadt, in der ich lebte, und mein Vater finanzierte mir mein neues Ich.

»Hauptsache, meiner Kleinen geht es wieder gut«, meinte er, als er mir zweihundert Euro in die Hand drückte. Viel Geld für meine Eltern, aber ich war ihnen wirklich dankbar in diesem Moment. Die Frisur, die der Meister des Ladens zauberte, veränderte mein ganzes Wesen. Die langen Locken fielen und ich bekam eine flotte Kurzhaarfrisur. Damit war der erste Schritt in ein neues Leben vollzogen. Mit dem restlichen Geld kaufte ich mir ein Paar schicke Stiefel, ein kurzes, schwarzes Kleidchen und einen langen, warmen Wintermantel. Mit meiner Körpergröße von knapp 175 Zentimetern und einem Gewicht von etwas unter sechzig Kilo hatte ich eine passende Figur, um ihn zu tragen. Da ich in meiner Trauerzeit nicht viel gegessen hatte, holte ich das in der Weihnachtszeit nach und wenig später meldete ich mich im Fitnessstudio an, um meinen Körper fit und gesund zu erhalten. Die Männer, die mir dort begegneten, sahen zwar alle nicht schlecht aus, doch keiner von ihnen erregte auch nur im Geringsten mein Interesse. Ich hatte die Schnauze so voll von Kerlen. Jeden, den ich sah, verglich ich mit Flo – und keiner überlebte den Vergleich. Florian war und blieb der Mann meiner durchweinten Nächte – und meiner verzweifelten Fantasien. Wie oft ich von ihm träumte, weiß ich heute nicht mehr – aber es war fast jede Nacht gewesen. Dabei hatte ich nach meinem Abgang nie wieder etwas von ihm persönlich gehört. Unsere gemeinsamen Freunde, die früher alle seine gewesen waren, entfernten sich von mir und bald stand ich ohne jeglichen Kontakt da. Doch ich brauchte sie auch nicht! Ich wollte sie gar nicht. Es waren seine Freunde, nicht meine. Was sollte ich noch mit ihnen anfangen? Es interessierte mich nicht, wie es Flo in Amerika ging. Oder doch? Eines Nachts, als ich wieder einmal von ihm geträumt hatte, setzte ich mich in meiner neuen Wohnung an meinen neuen Küchentisch und suchte in meinem neuen Laptop nach meinem alten Freund. Und ich fand ihn. Tatsächlich war er zwischenzeitlich an der Spitze eines Geldinstituts angekommen und verdiente seine Brötchen an der Börse, wenn ich das richtig verstanden hatte. Viel wollte ich nicht lesen, denn allein schon sein Bild hatte mir die Tränen in die Augen getrieben. Das war jetzt knapp ein Jahr her.

Das Smartphone auf meinem Tisch klingelt und ich kehre in die Realität zurück. Erst jetzt bemerke ich die feuchten Spuren auf meinen Wangen und versuche, sie zu ignorieren. Immer diese Gefühlsduselei zu Weihnachten! Ich weiß schon, warum ich das Fest der Liebe und Harmonie – PAH! - nicht ausstehen kann. Alles nur Heuchelei. Wahre Liebe!?! So einen Quatsch gibt es auch nur im Fernsehen, in irgendwelchen dussligen Telenovelas. Oder in Liebesromanen, die ich früher so gerne las. Mittlerweile verabscheue ich dieses Genre – obwohl ich immer noch gern schmökere. Allerdings eher Thriller oder Krimis. Da werden die Liebhaber meist um die Ecke gebracht. Ein Grinsen stiehlt sich in mein Gesicht und ich greife zum Handy. Emma! Ihr fröhliches Bild grinst mir entgegen und ich beschließe, sie gleich zurückzurufen. Vorher brauche ich noch einen heißen Kaffee mit einer Prise Zimt darin - ein bisschen Weihnachten darf schon sein – und ein paar selbstgebackene Kekse dazu. Butterplätzchen und Vanillehörnchen. Auch wenn ich dafür ein paar extra Trainingseinheiten einlegen muss. Doch heute, an diesem

Samstag vor Weihnachten, gönne ich mir sie einfach. Wer sollte es mir auch verbieten? Genau! Niemand!
»Anja, Herzchen. Schön, dass du dich meldest«, klingt Emmas Stimme an mein Ohr und ich lasse mich in meinen weichen, schwarzen Ledersessel fallen. Es ist kurz nach 19 Uhr, wie die Ziffern auf meinem DVD-Recorder beweisen und ich freue mich auf ein nettes, kurzweiliges Gespräch mit meiner neuen Freundin. Ich kenne Emma noch nicht sehr lange. Sie ist das komplette Gegenteil von mir. Wie genau sie den Weg in mein Leben fand, weiß ich gar nicht mehr, doch plötzlich war sie da. Wahrscheinlich hat Nadja sie eines Tages angeschleppt und bei mir abgeladen – wäre nicht das erste Mal. Nadja ist die Einzige, die es schon seit Kindertagen mit mir aushält. Sie war mir immer treu und auch in meiner Trauerphase wäre sie für mich da gewesen, wenn ich sie gelassen hätte. Jedoch erst nachdem ich wie der sprichwörtliche Phönix aus der Asche gestiegen war, hatte ich mich wieder bei ihr gemeldet – und es schien, als wäre keine Zeit vergangen. Unsere Freundschaft kann man mit den Wellen des Meeres vergleichen. Sie kommt und sie geht, verschwindet aber nie komplett. Meine Freundin hat ihr eigenes Leben, ihre eigene, kleine Welt und doch kreuzen sich unsere Wege immer wieder. Außerdem sammelt sie gerne neue Menschen, beschäftigt sich eine Weile mit ihnen, lernt aus ihren Verhaltensweisen und gibt diese Freunde dann meist an mich weiter. Oftmals entsprechen sie allerdings nicht meinem Freundesschema und ich kümmere mich nicht weiter um sie, doch Emma war hartnäckig. Immer wieder lud sie mich in den vergangenen Wochen ein, mit ihr und ihren Freundinnen etwas zu unternehmen, allerdings sagte ich selten zu. Obwohl sie eine willkommene Ablenkung von meinen Sorgen gewesen wäre, weil Emma einfach anders ist. Bisher war ich freilich noch nicht so weit. Doch heute, an diesem ohnehin sehr sentimentalen Tag, habe ich mich entschlossen, ihr eine Chance zu geben, um eine gute

Freundin zu werden und nicht nur eine flüchtige Bekannte. Sie hat in fast jeder Situation eine entgegengesetzte Meinung zur meinigen. Und trotzdem – oder gerade deswegen – verstehen wir uns gut. Sie passt schlicht in mein neues Leben. Ich mag ihre lockere, unbekümmerte Art. Sie hat lange, braune Haare, die sie gerne zu einem kecken Pferdeschwanz bindet, trägt mit Vorliebe Jeans und Turnschuhe und meistens eine Kapuzenjacke. Ich dagegen habe eine schlichte, blonde Kurzhaarfrisur, hasse nichts mehr als Jeans und liebe Kleider. Selbst jetzt im Winter. Make-up ist ihr vollkommen fremd, während ich ohne geschminkte Lippen niemals die Wohnung verlasse. Diese Aufzählung ließe sich unendlich fortsetzen.
»Na, was machst du heute noch?«, fragt Emma fröhlich und ich schiebe mir einen Keks zwischen die Lippen.
»Fernsehschauen«, nuschle ich und Emma lacht.
»Und Kekse essen, was? Na, das kannst du auch bei mir. Komm vorbei, Anja. Die anderen Mädels haben auch zugesagt. Sogar ihre Männer. Und selbst Alex hat sich den Abend frei genommen. Du kennst ihn noch nicht und ich würde ... also kommst du? Wir grillen im Garten, trinken Glühwein und ...«
»Grillen? Bei dem Wetter?«, unterbreche ich sie und muss lachen. »So etwas kann auch nur dir einfallen, oder? Ja klar. Ich komme. Soll ich noch was mitbringen?«
»Gute Laune wäre klasse. Und vielleicht ein paar deiner wundervollen Kekse. Falls du noch welche übrig hast«, schmeichelt sie mir, was mir ein Grinsen entlockt.
»Klar, für dich doch immer. Also dann bis gleich«, verabschiede ich mich und schiebe mir noch einen krümeligen Leckerbissen in den Mund.

****

Wenig später stehe ich mit einer Dose Kekse unter dem Arm bei Emma vor der Haustür. Im Inneren brennt Licht und ich höre das Gelächter der Anwesenden. Wird

bestimmt lustig. Scheinbar haben sie alle schon mächtig gebechert, so wie sie lachen und herumalbern.
»Anja! Wie schön, dass du da bist!«, kichert Emma, als sie mir die Tür öffnet und mich ins Warme zieht.
Sie nimmt mir meinen langen, weichen Mantel ab und ich stehe im bordeauxfarbenen Kleid vor ihr. Ich habe genau dieses gewählt, da es lange Ärmel hat, jedoch durch seinen Schnitt meinen schlanken Hals betont. Eine einfache, silberne Kette mit einem kleinen, roten Herz als Anhänger unterstützt die Wirkung. Der Saum des enganliegenden Kleidungsstücks endet über den Knien und meine schwarze Seidenstrumpfhose lässt den Blick auf meine wohlgeformten Beine zu. Schließlich muss sich ja das ganze Training auch irgendwann auszahlen, oder? Ich fühle mich richtig wohl und sehe, dass auch die anderen Ladys im Raum nicht gerade in Putzlumpen herumrennen. Na, bis auf die Gastgeberin selbst. Emma trägt wie immer Jeans und hat auch dieses Mal einen dicken, bunten Pulli übergezogen. Ihre langen Haare hat sie zum Pferdeschwanz gebunden und kein bisschen freie Haut ist zu sehen. Was ihr Freund nur an ihr findet? Ich verstehe es ja nicht wirklich.
»Trete ein, bring Glück herein«. Ein Mann, ungefähr in meinem Alter, öffnet uns die Tür zum Wohnbereich und dirigiert mich zu einem freien Stuhl. »Was möchtest du trinken?«, fragt er mich und schenkt mir ein einladendes Lächeln. »Wir haben auch Feuerzangenbowle gemacht. Wie du vielleicht riechst«, kichert er und ich nicke.
»Na, dann bitte davon. Und nicht zu wenig. Ich glaube, ihr seid schon länger am Feiern, oder?« Er nickt. Ich merke schon, ich habe eine Menge nachzuholen. Fällt mir aber normalerweise nicht schwer.
»Einmal Feuerzangenbowle für die hübsche Dame. Grillfleisch ist leider nichts mehr da. Die haben uns leergefressen wie die Heuschrecken. Aber ich sehe, du hast deine eigene Verpflegung mitgebracht, gell? Kekse. Wie wunderbar«, lacht er und ich grinse zurück.

Der Typ ist so locker, dass es mir leichtfällt, meine Hemmungen ein wenig abzulegen. Immerhin kenne ich, bis auf Emma, keinen hier und die ist irgendwo anders untergetaucht. Auch die restlichen Gäste stehen in Grüppchen zusammen und ich komme mir ein wenig verloren vor.
»Nein danke. Ich will ohnehin nichts essen«, entgegne ich ihm.
Er nickt, dreht sich herum und verschwindet in Richtung Terrasse, wo offenbar die Gerätschaft für die Feuerzangenbowle aufgebaut ist. Jetzt habe ich einen Moment Zeit, mich umzuschauen. Ich war noch nie bei Emma. Hatte sich bisher einfach nicht ergeben, doch nun bin ich von ihrem Zuhause beeindruckt. Der Bungalow, in dem Emma mit ihrem Verlobten wohnt, ist sehr modern und schick eingerichtet. Das Wohnzimmer ist vom Esszimmer nur durch einen Glaskachelofen getrennt. Ansonsten gibt es keinerlei Sichtbarriere. Der hölzerne Esstisch mit den dazu passenden Stühlen ist im Moment mit allerlei Platten zugestellt, von denen die meisten jedoch fast leer sind. Hinter dem Esszimmer befindet sich die wundervolle, moderne Küche, der eine winzige Abstellkammer angegliedert ist, die mit einer Schiebetür geschlossen werden kann.
»Bitte sehr die Dame«, sagt der Typ, der mittlerweile wieder neben mir steht und mich frech angrinst. Wer ist er? An meiner körperlichen Reaktion erkenne ich, dass dieser Typ meinen üblichen Flo-Check bestanden hat. Sehr ungewöhnlich. Aber vielleicht komme ich endlich über meinen Ex hinweg, der noch immer, auch wenn ich es nie offiziell zugeben würde, durch meine Gehirnwindungen geistert. Ob er Single ist? Ein Kribbeln macht sich in meiner Magengegend breit und ich richte mich ein wenig auf. Gerader Rücken, Brust raus – schließlich will ich mich in meiner ganzen Schönheit präsentieren. Als hätte er meine stumme Frage gehört, stellt er sich prompt vor.

»Ach übrigens, ich bin Alex, der Verlobte von Emma und dies ist meine bescheidene Hütte. Hoffe, sie gefällt dir.«
Verdammt! Vergeben. Na, wäre ja auch zu schön gewesen. Ich schicke die Schmetterlinge, die sich bereits zum Tanz formiert haben, zurück auf ihre Plätze und nehme ihm die Tasse mit der Bowle ab.
»Ja, wirklich sehr schön hier. Die Küche gefällt mir gut und auch der Esstisch ist schön groß.«
Was rede ich da eigentlich für einen Quatsch? Er muss mich für ziemlich dämlich halten. Dabei fällt es mir normalerweise nicht schwer, Smalltalk zu betreiben. Doch falls er mich tatsächlich für das typische Blondchen hält, lässt er es sich nicht anmerken.
»Ja, alles neu, seitdem Emma hier wohnt. Bis auf die Ledercouch dort. Die ist übrigens besonders weich. Magst du Leder? Also ich stehe ja total drauf. Der Sex ist da noch viel besser als im Schlafzimmer«, beginnt er zu flirten und ich werde rot.
Männer! Die haben doch immer nur das Eine im Kopf – na ja, oder eben einige Etagen weiter unten. Dass er beim ersten Gespräch so freizügig redet, verdankt er wahrscheinlich dem Alkohol. Ich lächle ihm zu, streiche mir verlegen durch die Haare und nicke.
»Ja, ich mag Leder auch sehr gerne. Habe selber einen Ledersessel bei mir zuhause stehen«, greife ich sein Thema auf. Schließlich will ich nicht auch noch als prüde gelten. »Aber da habe ich es noch nie getan. Der Sessel ist neu und ich bin seit über einem Jahr Single.« So, damit wäre das auch geklärt. Meine Tasse ist bereits leer und meine Zunge daher lockerer. Also gehe ich auf seinen Flirtversuch ein. »Aha, also der Verlobte von Emma. Na, einen guten Geschmack hat sie ja, das muss ich ihr lassen. Hat denn der gut aussehende Mann noch etwas zu trinken für die schüchterne Blondine?«, sage ich und reiche ihm meine Tasse.
Flink verschwindet er erneut im Wintergarten und ist wenige Augenblicke später zurück. Jetzt kann ich ihn genauer betrachten. Seine Bewegungen sind sehr

geschmeidig und sein Gang stark und fest. Ja, er scheint mit beiden Beinen im Leben zu stehen und zu wissen, wer er ist und wie er wirkt. Als er mir die volle Tasse reicht, fallen mir seine großen, weichen Hände auf. Bestimmt arbeitet er den ganzen Tag nur am PC und kennt einen Spülschwamm nur aus Erzählungen. Mein Blick wandert weiter über die durchtrainierten Arme, zur breiten Brust, die nur mit einem weißen Hemd bedeckt ist. Jepp, ganz mein Geschmack. Seine wohlgeformten Beine stecken in einer Designer-Jeans und seine italienischen Schuhe sind bestimmt auch nicht vom Discounter.
»Na, dir gefällt wohl, was du siehst?«, fragt er spöttisch und setzt sich neben mich auf einen Stuhl.
»Jo, ganz nett«, grinse ich ihm zu und wir lachen gemeinsam. Dabei sehe ich das Leuchten in seinen eisblauen Augen, und die vollen Lippen, die sich leicht geöffnet haben, um eine Reihe weißer, gerader Zähne zu entblößen.
»Na, dann sind wir uns ja einig. Du siehst auch bezaubernd aus. Anja, richtig?« Ich nicke. »Du bist doch die, die bei der Immobilienagentur arbeitet, oder?«
Wieder nicke ich. Mittlerweile ist auch der Inhalt der zweiten Tasse abgekühlt und ich nehme einen weiteren Schluck. Brennend läuft es mir die Kehle hinunter und ich genieße es. Die innere Hitze vertreibt meine Anspannung allmählich und ich lasse mich nur zu gerne auf Alex ein. Er ist ja bereits vergeben, kann mir also nicht gefährlich werden.
»Ich kenne auch eine Immobilienfirma in Düsseldorf. Dort stand lange Zeit ein Penthouse frei, das mittlerweile aber einen neuen Besitzer gefunden hat. Irgendein Typ aus Boston. Für sieben Million Euro ist die Bude verkauft worden. Wahnsinn! Aber der Bunker ist auch fantastisch. Eine Freundin von ´ner Freundin von mir hat sie vermittelt. Dabei ist Shylene echt ein unscheinbares Mäuschen. Wenn du sie sehen könntest, in ihren hochgeschlossenen Kostümchen. Wie sie es geschafft hat

… keine Ahnung. Wäre doch auch was für dich, oder? Du würdest bestimmt jede Immobilie an den Mann bringen.«
Wieder zwinkert er mir zu und ich lächle bereitwillig. Na, wenn er meint. Dieser Mann-von-Welt muss es ja wissen.
»Da ich noch nie eine verkauft habe, kann ich dir das nicht sagen. Ich bin eher für die Terminvereinbarungen zuständig«, entgegne ich ihm und er zwinkert mir erneut zu. Ob er wohl was im Auge hat? Dieses ständige Zwinkern macht mich noch ganz nervös.
»Noch was zu trinken?«, fragt er anstelle einer Antwort und ich bejahe.
»Wo sind eigentlich die anderen? Draußen?« Irgendwie fühle ich mich noch nicht wirklich angekommen auf dieser Party, selbst wenn ich bisher nette Gesellschaft habe.
»Jepp. Sind halt viele Raucher dabei. Und hier in der Bude wird nicht gequalmt. Ich glaube aber, dass sie langsam da im Freien festfrieren und bestimmt bald das Warme suchen. Kann ja mal nachschauen«, antwortet Alex, steht auf und begibt sich schwankend nach draußen. O.k., auch er hatte schon ein paar Gläschen zu viel. Doch seinen knackigen Hintern, der mir in diesem Moment ins Auge fällt, betrachte ich so lange, bis er durch den Wintergarten in Richtung Terrasse verschwindet.

»Anja!« Emma ist neben mir aufgetaucht und lässt sich schwerfällig auf den Stuhl zu meiner Rechten fallen. »Da bist du ja. Entschuldige, dass ich dich so lange alleine gelassen habe. Ich hoffe, Alex hat dir was zu trinken gebracht.«
Als ich nicke, fährt sie fort: »Ist er nicht total süß? Ich glaube, wir haben uns gesucht und gefunden. Irgendwann erzähl ich dir mal die ganze Geschichte. Wir wollen nächstes Jahr heiraten. Ist das nicht wunderbar?«

Sie strahlt mich an und ich nicke wieder. Meine Gedanken fliegen in diesem Moment zu Florian und Tränen schießen mir in die Augen. Der Arsch wollte mich auch heiraten, bevor er den Job in Boston angeboten bekam. Wir waren mindestens genauso verliebt wie Emma und Alex. Und nun? Nun sitze ich alleine hier und … NEIN!, ermahne ich mich selbst und schüttle den Kopf. Ich habe mir fest vorgenommen, nie wieder an diesen Typen zu denken.
»Ich freue mich für euch«, sage ich zu Emma und meine es wirklich ernst. Dann ergreife ich ihre Hand und drücke sie. »Wird schon alles ganz wunderbar werden«, stimme ich ihr zu und weiß selber nicht, ob ich das glauben soll. So wie er vorhin mit mir geflirtet hat?
In diesem Moment kehrt Alex gemeinsam mit drei weiteren Freunden zu uns zurück und alle setzten sich auf die umstehenden Stühle.
»Ist ja fast wie bei mir im Kindergarten«, lacht Emma und die anderen fallen mit ein.
Jeder hat eine dampfende Tasse Feuerzangenbowle in der Hand und Alex reicht mir ebenfalls ein Glas. Sehr aufmerksam der Bursche. Oder will er mich nur betrunken erleben?
»Ja, ein Stuhlkreis. Lasst es uns ausdiskutieren«, kichert Chrissy, eine kleine Blonde, und lehnt sich erwartungsvoll zurück.
»Ja Mädels, über was wollen wir denn konferieren?«, schließt sich Charly, die neben Chrissy sitzt, an und wirft ihr einen verschwörerischen Blick zu.
Ihre langen, schwarzen Haare fallen dabei über ihre Augen und sie streicht sie lasziv nach hinten. Mike, scheinbar ihr Partner, legt einen Arm um ihre Schulter und gibt ihr einen Kuss auf den Hals.
»Über was immer du willst, Darling«, flüstert er ihr zu und alle lachen.
Die Stimmung wird immer ausgelassener und ich fühle mich plötzlich nicht mehr allein. Trotz der Tatsache, dass sich in unserem Kreis zwei Pärchen befinden, vermisse

ich Florian – wer ist Florian? - kein bisschen. Ich kann auch alleine Spaß haben! Jawohl!
»Sag mal, Anja«, beginnt Chrissy und kichert. »Du hast doch auch keinen Freund, oder? Wie heißt denn dein mechanischer Gefährte? Ich habe eine Rosi.«
Entgeistert starre ich sie an. Hä? Eine ... was?
Emma, die mir jetzt gegenübersitzt, prustet lauthals los.
»Dein Vibrator heißt Rosi? Du kommst auf Ideen!«
Oha! Also darum geht es hier. Dass ich gar keinen besitze, kann und will ich die Runde aber nicht wissen lassen – ich bin natürlich eine Frau von Welt. Da hat man einfach so ein Spielzeug zu haben. Oder nicht?
»Ja, logisch, oder? Wenn er rosa ist? Und ganz groß. Aber ich habe auch einen kleinen für die Handtasche. Schließlich muss Frau immer gerüstet sein.«
Allgemeines Gelächter. Das Ganze ähnelt einer Sitcom, bei der nach jedem Satz das Lachen des Publikums eingespielt wird. Meine Wangen fühlen sich heiß an und sind sicher glühend rot. Ob das an der Feuerzangenbowle oder am Gesprächsthema liegt, kann ich nicht mit Bestimmtheit sagen. Wahrscheinlich an beidem.
»Ich habe mal einen in Delfinform gesehen. Der ist blau und schnattert, wenn man ihn anschaltet. Irgendwie witzig. Kann aber auch nervig sein. Gut, dass man den Ton ausschalten kann«, grinst Charly und ihr Typ nickt.
»Ja, ich hab so einen auch schon gesehen. In deinem Nachtschränkchen.« Den darauf folgenden Rippenstoß seiner Freundin steckt er grinsend weg.
»Richtig, mein Lieber. Schließlich muss ja irgendwer deinen Job übernehmen, wenn du mal wieder nicht zur Hand bist.«
Die ganze Runde kichert über den Wortwitz.
»Was denn, Herzchen? Ich kann die Damenwelt schon verstehen. Wäre ich eine Frau, ich hätte auch mehrere zur Auswahl. Je nach Stimmung.«
Oh ja, solche Männer braucht das Land. Genervt verdrehe ich die Augen.

»Ich glaube, wir brauchen noch `ne Runde zu trinken. Was haltet ihr denn von Jelly Shots?«, mischt sich Alex ein.
Jetzt erst fällt mir auf, dass er bisher nichts zur Diskussion beigetragen hat. Ist wohl nicht ganz sein Thema.
»Au ja«, nicke ich. »Die habe ich ja schon ewig nicht mehr gehabt. Soll ich dir eben tragen helfen?« Ja, ich gestehe, dass ich auch etwas peinlich berührt bin und nur zu gerne meine Chance ergreife, mich kurz auszuklinken – klaren Kopf bekommen und so.
»Klar, komm mit«, nickt Alex mir zu und reicht mir seine Hand. Als sich unsere Hände finden, spüre ich, was ich bereits vermutet habe. Seine ist weich und doch voller Kraft. Wie es wohl wäre, wenn er mich mit diesen Händen noch an anderen Stellen berühren würde? Würde er meine Haut zum Kribbeln bringen? Würde er mir nach so langer Zeit mal wieder das Gefühl schenken, eine Frau zu sein? Würde er ... Erschrocken über meine eigenen Gedanken, lasse ich seine Hand los und fahre mir nervös durch meine Kurzhaarfrisur. Das ist bestimmt nur der Alkohol. Bisher hat es noch kein männliches Wesen geschafft, mich dermaßen aus der Bahn zu werfen. Kopfschüttelnd folge ihm in die Küche.
»Ist nicht so ganz dein Thema, was?«, beginne ich das Gespräch nun doch.
Worüber sollte ich sonst mit ihm sprechen? Und irgendwie reizt es mich, ihn aus der Fassung zu bringen. In seiner heilen Businesswelt redet man über so etwas scheinbar nicht.
»Och, würde ich so nicht sagen«, antwortet er achselzuckend, während er die Gläschen mit dem grünen Wackelpudding, der mit Wodka anstatt mit Wasser zubereitet wurde, auf ein Tablett stellt. »Ich denke aber, dass eine Frau das bei mir nicht braucht. Ich bin viel besser als so ein elektronisches Teil.«
Erneut schießt das Blut in meine Wangen, die sich gerade wieder etwas abgekühlt hatten und ich starre ihn an.

»Na, Emma braucht so'n Ding jedenfalls nicht. Auch wenn sie das in dieser Runde nie zugeben würde. Sie steht nicht auf ausgefallenen Kram. Ihr reicht meine Männlichkeit vollkommen. Und dir ...«, er tritt ganz nah an mich heran, »dir würde ich auch gerne beweisen, wie gut ich mich in dir anfühle«, raunt er nahe an meinem Ohr und die Hitze in meinem Gesicht dehnt sich über meinen Rücken, bis zu der Stelle zwischen meinen Oberschenkeln aus. Oha. Ein leichtes Pulsieren zeigt mir, wie sehr mein Körper auf diesen Vorschlag reagiert.

»So eine Ledercouch wäre doch ein perfekter Ort, um dir zu zeigen, was ich meine, oder?«

Kann er Gedanken lesen? Weiß er, wie sehr ich mir Sex auf so einer Designercouch wünsche? Steht das irgendwo auf meiner Stirn? Ich liebe Leder. Das kühle, glatte Material, das sich unter mir erwärmt, war schon immer erotisierend für mich. Ich schlucke.

»Aber ...«, stottere ich und er zwinkert mir zu.

Was soll ich davon halten? Mein Kopf schreit laut und vernehmlich »Nein« - doch mein Körper, der nach fast eineinhalb Jahren Abstinenz nach Befriedigung lechzt, sieht das anders.

»Wo bleibt ihr denn?«, höre ich Emma in diesem Moment rufen.

Alex schnappt sich das Tablett und ist verschwunden.

»Anja kommt gleich. Sie muss noch mal für kleine Mädchen, hat sie gesagt«, gibt Alex lautstark zum Besten und wieder kichern alle.

Na, wenn er es sagt! Er hat ja recht. Ich glaube, ich muss mich wirklich etwas frisch machen.

»Zweite Tür links! Aber lass mein Spielzeug liegen, o.k.?«, ruft Emma, begleitet von Gelächter, und ich mache mich auf den Weg.

Die sind alle nicht mehr ganz nüchtern da drüben. Als ob ich ... Seufzend schließe ich die Badezimmertür hinter mir und bemerke den feuchten Fleck in meinem Slip. Na super. Alex hat wirklich eine große Wirkung auf mich.

Der Abend zieht sich noch eine Weile hin und die Gruppe wird immer ausgelassener. Die Jelly Shots sind in Windeseile verspeist und auch die Flasche Wein, die danach geöffnet wird, ist bald geleert. Ich füge mich, so gut es geht, in die Gruppe ein und halte mich an die oberflächlichen Gespräche. Mit der Menge an Alkohol, der durch meine Adern fließt, bekomme ich ohnehin nichts mehr mit. Kurz nach Mitternacht beginnt mein Magen zu rebellieren und ich schwanke auf die Toilette. In den letzten Monaten habe ich so gut wie keinen Schluck getrunken und nun das. Ist es der Gruppenzwang oder die Gegenwart von Alex, die mich so nachlässig werden lässt?
Nachdem ich mich frisch gemacht habe, und zurück ins Wohnzimmer gekehrt bin, merke ich, dass sich die Gruppe langsam auflöst. Die Taxis sind inzwischen bestellt und ich bin froh darüber. Ich will in meiner eigenen Bude, in meinem eigenen, warmen, weichen Bett schlafen und nicht auf der Couch in der Nähe von Alex – schon gar nicht mit diesem Alkoholpegel!
Also verabschiede ich mich, als letzte der Gruppe – die anderen sind bereits abgeholt worden, da sie weiter entfernt wohnen – mit einer herzlichen Umarmung bei Emma und sie verspricht mir, sich bald bei mir zu melden.
»Schön, dass du da warst, Anja. Das müssen wir unbedingt wiederholen, o.k.?«
Ich nicke und drücke ihr ein Küsschen auf die Wange.
»Ja, sehr gerne. Deine Freundinnen sind wirklich nett – wenn sie nicht gerade über Dildos sprechen«, grinse ich sie an und sie grinst mit.
»Ich bin jetzt einfach nur froh, wenn ich im Bett liege und schlafen kann«, murmelt Emma und dreht sich bereits herum in Richtung Schlafzimmer.
»Ich begleite dich noch nach draußen, Anja. Komm gleich wieder, Herzchen. Wärm schon mal das Bett vor«, sagt Alex und Emma winkt nur ab.
»Mach du mal, bis gleich«.

»Na, das macht man bekanntlich so, als guter Gastgeber«, säuselt Alex dicht an meinem Ohr und reicht mir meinen Mantel, in den ich sofort schlüpfe.
Aha, wie galant. So viel Aufmerksamkeit von einem Mann bin ich einfach nicht gewohnt. Und schon gar nicht von einem, der mit meiner Freundin verlobt ist. Doch Alex scheint das anders zu sehen, denn er legt mir seine Hand auf meine Hüfte und schiebt mich zur Tür hinaus.
»Damit du nicht über die Stufen fällst«, ist seine fadenscheinige Erklärung, die ich kichernd hinnehme. Ich habe nichts dagegen.
»Hoffe, dir hat es bei uns gefallen und du kannst heute Nacht gut schlafen«, raunt er mir zu.
Er steht dicht neben mir – etwas zu dicht – und hat seine Hand von meiner Hüfte auf meinen Hintern wandern lassen. Gut, dass ich einen Mantel anhabe, oder?
»Ja, danke. Hat mir gut gefallen, ja. Schade, dass es schon vorbei ist. Aber wahrscheinlich besser so. Ich habe ganz schön einen sitzen«, kichere ich und lehne mich wie zufällig an seinen Oberarm.
»Kann man ja wiederholen«, sagt er direkt in mein Ohr und der Duft seines Aftershaves weht mir um die Nase.
Sehr männlich! Meine Nackenhaare stellen sich auf und nun schwankt mein Körper zwischen aufsteigender Hitze und eiskalten Schauern. Der Mann macht mich wahnsinnig.
»Wir sind Silvester auch zusammen. Die ganze Gruppe. Wenn du noch nichts vorhast … ich würde mich jedenfalls sehr freuen, wenn du mit uns feierst und auch wir beide in engem Kontakt bleiben.«
Oh ja. Ich würde so gerne mit ihm in noch viel engerem Kontakt stehen, aber das schlechte Gewissen, das sich in diesem Moment mit Pauken und Trompeten meldet, funkt mir dazwischen. Anstatt einen pfiffigen Kommentar von mir zu geben, kann ich nur nicken. Ein dicker Kloß hängt plötzlich in meinem Hals und macht das Sprechen unmöglich.

»Dein Taxi ist da«, holt er mich in die Realität zurück und greift nach meiner Hand. »Darf ich dich geleiten, damit du nicht hinfällst?«, grinst er und drückt mich dicht an sich, während wir gemeinsam zum Auto schwanken. Ich hoffe nur, dass Emma nicht in diesem Moment aus dem Fenster schaut und uns sieht – oder sonst jemand. Der Typ hat echt Nerven.
»Danke für deine Hilfe, aber ich schaffe das schon«, sage ich, in dem leisen Versuch mich zu wehren und den Anstand zu wahren. Vergeblich.
»Schlaf schön, kleine Anja«, sagt er und küsst mich sanft auf meinen Nacken. Blitze durchzucken meinen Körper und alles beginnt, wie elektrisiert zu kribbeln. Meine Atmung setzt für einen Moment aus. Er hat unbewusst die Stelle meines Körpers geküsst, die man bei mir getrost als Anschaltknopf bezeichnen könnte. Als ob er genau wüsste, was er getan hat, zieht er sich schelmisch grinsend von mir zurück, öffnet die Tür des Taxis und wünscht mir noch eine gute Nacht. Na, danke aber auch. Der flüchtige Kuss in meinen Nacken hat meine Fantasie so stark angekurbelt, dass ich keinen Zweifel habe, von was beziehungsweise von wem, ich heute Nacht träumen werde. Verdammt!
»Wo geht's hin?«, fragt der Taxifahrer in diesem Moment und startet den Motor. Ich nenne ihm meine Adresse, lehne mich im weichen Sitz zurück und schließe die Augen. Na, das kann ja heiter werden.

Gedankenkarussell

Nachdem ich in meinem Appartement angekommen bin und mich meiner Kleidung entledigt habe, steige ich unter die Dusche. Ich muss dringend einen klaren Kopf bekommen. Was zum Teufel war das denn? Was will der Typ von mir? Der ist doch mit Emma zusammen. Will sie sogar nächstes Jahr heiraten. Zumindest sieht das Emma so. Er vielleicht nicht? Ich bin doch keine Ehebrecherin! Na gut, sie haben das Bündnis noch nicht geschlossen, aber ... tausend Gedanken drehen sich in meinem Kopf und ich kann nicht sagen, was ich wirklich will. Kurz gestatte ich mir auszumalen, wie es wäre, stünde er nun neben mir unter der Dusche. Ich schließe die Augen und fühle seinen warmen, festen Körper an meinem. Eine gute Vorstellungskraft hatte ich schon immer. Langsam tasten sich seine Hände über meinen Rücken zu den Hüften und wandern synchron auf meinen Bauch. Dann zieht er mich dicht an sich und ich kann seine steife Männlichkeit an meinen Pobacken fühlen. Ein tiefer Seufzer entkommt mir und ich lehne mich an die kühlen Fliesen meiner Dusche. Noch immer rinnt das Wasser über meinen Körper und ich versuche mich zu entspannen, mich meiner Fantasie ganz hinzugeben - und es klappt. Plötzlich steht er vor mir. Meine Gedanken sind frei und in diesen kann ich mir zusammenspinnen, was ich will, ohne ein schlechtes Gewissen zu haben. Gut, dass man noch nicht entschlüsselt hat, wie man Gedanken sichtbar machen kann. Meine Vorstellung von diesem Traummann – was er ja auch ist, der Mann meiner Träume – ist so real, dass ich vor meinem inneren Auge das Lächeln auf seinen Lippen erkennen kann. Ganz langsam beugt er sich vor, küsst mich auf den Nacken und ich drehe meinen Kopf ein Stück zur Seite. Kalte und warme Schauder rinnen, zusammen mit dem Wasser, über meine Brust und meinen Bauch. Ich folge ihnen mit meinen eigenen Händen und befinde mich wenig später zwischen meinen Oberschenkeln. Ach herrje. Da ist auch mal wieder eine Rasur fällig. Was würde Alex nur denken, wenn er den Busch sieht? Nein! Er wird ihn nie sehen! Er darf ihn nie sehen! Alex ist der Mann von Emma. Schluss. Aus.

Na ja, enthaaren kann ich mich ja trotzdem. Welche Frau will schon aussehen wie ein räudiger Straßenköter? Ich schiebe den Duschvorhang etwas zur Seite, angle mir

meinen Rasierer aus der Schublade des Kästchens neben der Badewanne und sämtliche Haare meines Körpers fallen ihm zum Opfer. Bis auf ein nettes, kleines, blondes Dreieck, das ich auf meinem Venushügel stehen lasse. Die Spitze endet direkt am Eingang meiner Lust und führt potenzielle Eindringlinge auf den richtigen Weg. Wie wohl Alex gebaut ist? Ob er mit mir harmoniert? Oder vielleicht sogar zu groß ist? Was ist, wenn er … Verdammt! Ich drehe das Wasser kühler, greife nach der Shampooflasche und beginne meine Haare einzuschäumen. Ich muss die Gedanken aus meinem Kopf kriegen! Ich muss … ja, ich muss mir selbst Befriedigung verschaffen. Das ist die einzige Lösung. Sonst werde ich die ganze Nacht nicht schlafen können. Ich kenn das schon. Die weiche Stelle zwischen meinen Beinen freut sich allerdings sehr über den erneuten Besuch meiner Hände und würde mir die Zunge herausstrecken, wenn sie könnte.
»Ich habs dir doch gesagt, das Nonnenleben ist nichts für dich«, hallt eine imaginäre Stimme in meinem Ohr und ich verscheuche sie genervt. Ist ja gut, ich mach ja schon. Da ich meinen Körper genau kenne und weiß, was ich machen muss, zuckt dieser bereits nach wenigen Minuten vor Verlangen. Ich brauche keinen Vibrator dazu! Zugegeben, es war kein bisschen romantisch oder erotisch oder so. Es war die reine, mechanische Befriedigung, die ich mir in diesem Moment verschafft habe – kein Vergleich mit einem echten, lebenden Stück Mann. Ich muss gestehen, ich sehne mich danach, wieder einmal richtigen Sex zu haben. Mein Körper ist regelrecht ausgehungert. Wäre es möglich, würde ich sagen, dass dort unten mittlerweile Spinnen ihre Netze gewebt haben. Es wird wirklich Zeit, dass ein neuer Mann in mein Leben tritt. Doch wo soll ich den herzaubern? Vielleicht passiert ja im neuen Jahr ein Wunder und Mister Right klingelt an meiner Tür. Als ich mir im Zuge dessen meinen Postboten vorstelle, muss ich grinsen und

meine erotischen Gedanken laufen gemeinsam mit den Seifenresten, den Abfluss hinunter.

Ich trockne mich ab und steige aus der Duschwanne. Ein kurzer Blick auf die Uhr verrät mir, dass es bereits weit nach drei Uhr ist. Trotzdem fühle ich mich so fit, dass ich bestimmt nicht schlafen kann. Fernsehen? Ein Buch? Nein, darauf habe ich jetzt keine Lust. Ich könnte mich ohnehin konzentrieren. Also setzte ich mich, in meinen weichen, warmen Bademantel gehüllt, an meinen PC, zünde eine Kerze an und starre auf die leere Seite eines Dokuments. Ein Glas Wein, das ich mir vorhin bereitgestellt habe, steht zu meiner Linken und ich beginne, langsam mit den Fingern über die Tastatur zu gleiten. Ein Gedicht nimmt Gestalt an und ich lasse meine Gedanken fließen.

****

Sind Menschen, die sich lieben
nur reine Illusion?
Hormone, die leicht fliegen –
tja, wer weiß das schon.

Sie singen von Romantik pur –
in schöne Töne eingehüllt.
Sind das leere Worte nur?
Hat sich die Liebe je erfüllt?

Wer will und kann es mir nur sagen?
Meine stummen Tränen sehen?
In mir brennen tausend Fragen –
wer wird mich denn nur verstehen?

Wirst du mich bald erlösen?
Und in den Himmel mit mir fliehen?
Oder bist du von den Bösen
willst in deinen Bann mich ziehen?

Die Illusion, so schillernd bunt,
die sich mir nun zeigt.
Deine Worte sind der Grund,
dass alles in mir fragend schreit.

****

Natürlich träume ich in dieser Nacht von Alex. Wie hätte es auch anders sein können. Dieser Mann hat mir echt den Kopf verdreht. Der erste Kerl nach Florian, den ich nicht von der Bettkante stoßen würde. Sicher, ich hatte einige eindeutige Angebote. Aber ich habe mich nie darauf eingelassen. Ich wollte es ganz einfach nicht. Nach meinem Besuch bei dem Frisör, der meinen neuen Lebensabschnitt eingeleitet hatte, habe ich mich in die Suche nach einer Arbeit gestürzt – und diese auch schnell gefunden. Ich fühle mich wohl in dem kleinen, aber sehr netten Immobilienbüro, in dem ich zurzeit für die Terminierung verantwortlich bin. Doch ich habe vor, mich irgendwann selbstständig zu machen. Dafür sauge ich alles auf, was mir zwischen die Finger kommt. Mittlerweile darf ich sogar eigene Exposés erstellen und es ist angedacht, dass ich bald eigenverantwortlich Beratungen durchführen werde. Ich freue mich schon sehr darauf. Schließlich will ich irgendwann aus dieser Wohnung raus und mir ein eigenes, schnuckeliges Häuschen auf dem Land suchen. Mein Traum! Vielleicht sollte ich Alex doch mal fragen, wer bei ihm die Inneneinrichtung durchgeführt und was er dafür bezahlt hat. Das hätte ich nämlich auch hinbekommen. Meine Gedanken kreisen erneut um den Verlobten meiner

Freundin. Aber wer ist dieser Alex eigentlich? Er hat mir erzählt, dass er als Geschäftsführer in der hiesigen Bank einen guten Job hat und sehr bekannt ist. Die Kreisstadt, in der wir wohnen, ist allerdings auch nicht so groß – da kennt man sich halt. Man … schon. Ich allerdings nicht. Das kommt erst noch. Laut Internet entspricht seine Aussage der Wahrheit. Natürlich habe ich nach ihm gesucht und das Bild, was ich von ihm fand, war atemberaubend. Kein Vergleich mit Florians Verbrecherfoto. Was habe ich eigentlich an diesem Typen jemals gefunden? Ich verstehe es nicht mehr. Wirklich nicht! Also … doch schon, aber das würde ich nie zugeben. Denn es gibt so viele andere, bezaubernde Männer … bisher muss ich sie jedoch alle übersehen haben, wie mir scheint. Zu meiner Verteidigung muss ich gestehen, dass ich noch nicht allzu lange hier wohne, genauer gesagt, erst seit drei Monaten. Das kleine Immobilienbüro, für das ich nun arbeite, hat mir dieses schöne, bezahlbare Appartement in dem Mehrfamilienhaus verschafft. So kann man auch zwei Fliegen mit einer Klappe schlagen. Meine Eltern leben ungefähr hundert Kilometer entfernt in einer Großstadt, in der ich aufgewachsen bin - und genau dorthin fahre ich heute.

Ich quäle mich aus dem Bett. War gestern ja doch später geworden, als ich mir vorgenommen hatte. Für eine Woche brauche ich nicht viel und beginne, meine zwei Taschen zu packen. Ein paar Kleider – Frau will sich ja schick machen - zwei Paar aus meiner großen Schuhsammlung und diverse Unterwäsche. Da ich nicht vorhabe, viel in der freien Natur unterwegs zu sein, ist es ausreichend, wenn ich meinen langen, warmen Lieblingsmantel überziehe. Nach dem Packen setze ich mich noch einmal an meinen Schreibtisch und will gerade meine E-Mails abrufen, als mein Smartphone klingelt. Emma! Was will sie denn? Ich überlege kurz, ob

ich jetzt mit ihr sprechen möchte, entscheide mich dann aber dafür.
»Anja, Herzchen! Schön, dass ich dich erreiche. Na, wie hat dir die kleine Party gestern gefallen? Waren sie nicht alle super drauf? Ach, ich bin so glücklich! Was machst du gerade? Willst du nicht auf einen Kaffee vorbeikommen? Wir haben auch noch ein wenig Alkohol im Haus«, kichert sie und mir wird schlecht.
Nein! Bloß nicht! Ich habe weder Lust Emma zu sehen, noch ihren Verlobten. Die ganze Sache ist mir eindeutig zu heiß. Wie kann dieser Typ sich nur so an mich ranmachen? Geht gar nicht. Schließlich will er in ein paar Monaten den Bund der Ehe eingehen! Und ich? Was soll ich dabei? Seine Mätresse spielen? Bestimmt nicht.
»Ja, war wunderbar, die Party. Und deine Freunde sind auch alle ganz zauberhaft«, bestätige ich Emmas Glück. »Doch leider kann ich heute nicht kommen, da ich über Weihnachten zu meinen Eltern fahre. Sorry, Herzchen.«
Ich kann genau sehen, wie Emmas Kinnlade zu Boden sinkt, weil sie enttäuscht ist. Warum sie so großes Interesse an mir zeigt, kann ich nicht nachvollziehen. Sie hat doch genug andere Freundinnen, die sie mit ihrem Glück überhäufen kann.
»Oh, wie schade. Aber zu unserer Silvesterfeier bist du wieder da, oder?«
Ich stöhne auf. Also war das gestern gar kein Schnellschuss von Alex? Sie will mich ebenfalls dabei haben? Bisher habe ich zwar nichts geplant, aber ich weiß nicht, ob ich mir das Liebesgeturtel der Pärchen wirklich antun will.
»Chrissy und Charly kommen auch. Und Mike natürlich. Und Alex und ich. Und vielleicht Mia mit ihrem Tom. Weißt du, die beiden wollen nächstes Jahr auch heiraten und … ach, das ist alles so spannend.«
Oha, noch ein Verlobter? Wenn der auch so ist wie Alex …? Ja, superspannend. Ich seufze innerlich auf.
»Ganz kleine Runde jedenfalls«, fährt Emma fort. »Wir essen ein bisschen was, trinken was, und wenn du magst,

kannst du dann auch bei uns übernachten. Bitte sag ja!«
Ihre Stimme klingt so flehentlich, dass ich aus einem spontanen Impuls heraus zusage. Ich habe schließlich keine plausible Ausrede parat und anlügen will ich sie nicht. Vielleicht ... also irgendwie würde ich ja schon gern ... mit Alex ...? Verdammt!
»Ja, ich komme gerne. Wir hören uns, wenn ich wieder da bin, o.k.? Ich muss nämlich jetzt wirklich los. Mein Zug fährt bald. Schöne Weihnachtstage euch, bis bald«, verabschiede ich mich von hektisch von Emma und lasse mein Smartphone sinken. Na, das kann ja wirklich spannend werden. Doch bevor es so weit ist, kann ich mich auf meinen Urlaub bei meinen Eltern freuen. Bis nach Silvester ist auch das Büro geschlossen, sodass ich nicht zur Arbeit muss. Ich werde versuchen, mir die Tage so gemütlich wie möglich zu gestalten.

****

»Anja! Schön, dass du da bist«, empfängt mich meine Mutter an der Tür und zieht mich in eine herzliche Umarmung. Wie sehr ich das vermisst habe! Es ist immer wieder schön, bei meinen Eltern zu Besuch zu sein. Hier bin ich noch einmal das Kind, was ich in meinem neuen, männerlosen Leben nicht sein kann. Hier kann ich mich fallen lassen, werde verwöhnt und bekocht und kann lange Gespräche mit meiner Schwester führen. Rosa!
»Hi, Mum. Ist Rosa auch schon da?«
Langsam entwinde ich mich dem Griff meiner Mutter und schaue mich um. Ein Kinderbuggy steht im Flur und aus dem Wohnzimmer dringen weihnachtliche Klänge zu mir herüber. Gemischt mit einem Kinder- und einem Männerlachen. Robin, Rosas Mann, ist also auch da. Und natürlich der kleine Noah. Oh, wie sehr ich mich auf die Drei freue! Ich selber bin zwar kein Kindernarr, aber ich liebe den Rotzlöffel meiner Schwester sehr. Ihn kann ich ja auch wieder abgeben, wenn er mir zu viel wird.

»Ja, sie sind alle im Wohnzimmer. Dein Vater stellt gerade den Baum auf. Den müssen wir morgen nur noch schmücken und ... ach, ich freu mich so, dass du da bist, Kind. Gut siehst du aus. Nicht mehr so dürr und krank, wie bei deinem Auszug. Das Leben auf dem Land scheint dir gut zu bekommen«.
Noch bevor ich etwas antworten kann, springt ein kleiner, weißer Hund auf mich zu und bellt wie verrückt.
»Seit wann habt ihr denn einen Hund?« Erstaunt drehe ich mich zu meiner Mutter um und diese lacht.
»Das wollte ich dir schon die ganze Zeit sagen, aber irgendwie ... Also dein Vater hat gemeint, dass wir einen bei uns aufnehmen sollten. Er ist von einem ehemaligen Arbeitskollegen von ihm, der ihn nicht mehr ordentlich betreuen kann. Der Kleine hat aber auch Pfeffer im Hintern! Na, jedenfalls ist er nun bei uns. Wie lange er bleibt, oder ob wir ihn wieder abgeben, das weiß ich nicht.«
Ich schaue sie verwundert an. »Seid ihr nur eine Pflegestelle?«
»Ja«, nickt meine Mutter und zwinkert mir dann zu. »Ich glaube aber nicht, dass dein Vater Keks noch einmal hergibt. Der ist richtig vernarrt in den Kleinen. Und außerdem tut uns dieser Wirbelwind gut. Er bringt wieder Schwung in die Hütte, jetzt, wo ihr beide nicht mehr hier wohnt.« Eine leichte Traurigkeit schwingt in ihren Worten mit. »Doch nun komm. Die anderen warten schon auf uns. Keks? Hier«, ruft sie den Malteserrüden und ich folge dem ungleichen Paar. Herrliche, unbeschwerte, fröhliche Weihnachtszeit!

****

»Paps, gib mir mal die Kerze«, rufe ich meinem Vater zu und er reicht sie mir an.
Ich stehe auf einer kleinen Leiter und befestige die elektrischen Lichter an einer wundervollen, großen Nordmanntanne. Schon seitdem ich denken kann, haben

wir an Weihnachten eine solche Tanne geschmückt. Und jedes Mal waren es Paps und ich gewesen. Meine Mutter befindet sich in der Küche und richtet das Essen für den Abend. Rosa, Robin und Noah sind spazieren. Der Kleine soll den Baum schließlich nicht sehen. Für ihn schmückt das Christkind den Baum und bringt die Geschenke.
»Braucht ihr noch Kugeln?«, ruft meine Mutter und ich bejahe.
Es sind immer dieselben. Lila- und goldfarbene Kugeln, verziert mit aufwändigen, weißen Schnörkeln, bilden zusammen mit den Kerzen und ein paar hölzernen Baumhängern, das Bild. Und ich bin jedes Jahr ergriffen, wenn das Christkind die Glocke läutet und zum Eintritt ins Wohnzimmer auffordert. Dieses Ritual aus meiner Kindheit ist mir sehr wichtig und ich freue mich immer drauf. Immer! Auch, wenn ich letztes Jahr mit Tränen in den Augen hier saß. Meine Gedanken schweifen zurück, während ich den Baum verschönere. Letztes Jahr war das erste Weihnachten ohne Florian. Wie schmerzvoll ich diesen Mann, der mich einfach im Stich gelassen hatte, vermisste, war mir erst unter dem Baum klar geworden. Sämtliche Emotionen waren über mir zusammengebrochen und ich weinte hemmungslos. Das war das letzte Mal, dass ich so sehr um ihn getrauert hatte. Kurz danach war ich beim Frisör gewesen. So viele Veränderungen waren im vergangenen Jahr geschehen. Ich hatte einen neuen Job, eine neue Wohnung, neue Freunde und … auf einmal taucht Alex vor meinem inneren Auge auf. Ich sehe eine männliche, starke, weiche Hand, die mir eine goldene Kugel überreicht. Dann zieht er mich an sich, hebt mich von der kleinen Leiter und wir küssen uns innig. Ein wohliges Ziehen fährt durch meinen Körper und ich presse mich an ihn. Sein Duft dringt in meine Nase, lässt mein Herz beben und meine Knie erzittern. »Oh Alex«, hauche ich wie in Trance.

»Wer ist Alex?«, holt mich die Stimme meiner Schwester radikal in die Wirklichkeit zurück und ich starre sie aus großen Augen an.
»Ich … ähm …«, stottere ich und das Grinsen in ihrem Gesicht lässt mich aufstöhnen.
»Komm runter von der Leiter, Schwesterchen, und erzähl mir von Alex. Der Typ scheint dir ja wirklich den Kopf verdreht zu haben. Eine neue Liebe? Warum weiß ich davon nichts?«
»Nein. Keine neue Liebe. Es ist anders als …«
»Lass uns eine Tasse Kaffee trinken und dann erzählst du mir alles, einverstanden? Der Baum ist fertig, Paps hat sich ein wenig hingelegt. Ebenso wie Robin und Noah und wir zwei haben den Wintergarten für uns. Bis zum Kirchgang ist noch genug Zeit.«
Ich nicke ergeben. Wenn sich Rosa, meine ältere, weise Schwester, was in den Kopf gesetzt hat, dann ist es sehr schwer, sie vom Gegenteil zu überzeugen. Darin gleicht sie mir.

****

Schneeflocken tanzen ihren Reigen,
durch die Luft sehe ich sie fliegen –
und nach einiger Zeit
bleiben sie auf der Erde liegen.

Durch die Straßen und die Gassen
zieht ein ganz besonderer Duft –
warmer Holzgeruch aus dem Kamin
liegt in der kalten Winterluft.

Auch auf meiner kalten Haut
kann ich nun den Schnee erspüren –
tausend Spuren kann ich sehen,
die durch diese Landschaft führen.

So friedlich scheint mir nun die Welt,
in eine weiße Decke eingehüllt –
in dieser einen Heiligen Nacht,
wenn sich so mancher Wunsch erfüllt.

****

»Du schreibst wieder?« Rosa klingt erstaunt.
Nachdem wir uns einen Kaffee geholt haben – natürlich mit einer Prise Zimt darin – sitzen Rosa und ich im warmen Wintergarten und schauen den Schneeflocken bei ihrem Tanz zu.
»Na ja. Manchmal«, gebe ich zu und werde rot.
Eigentlich hatte ich mir die Schreiberei abgewöhnt. Zu viel Gefühlsduselei. Doch ab und zu schießen mir eben die Worte in den Kopf, ins Herz und in die Finger und ich kann nichts dagegen machen. Dabei will ich nicht mehr sentimental sein. Oder doch? Kann man eine Seite seines Wesens einfach so ablegen? Ich seufze auf und Rosa lacht.
»Ich finde es schön, dass du schreibst. Und außerdem, meine Kleine, hat das nichts mit Schwäche zu tun. Es ist eine Seite an dir, die nun mal da ist. Sei stolz darauf. Du musst es ja keinem sagen – außer mir natürlich«, fügt sie hinzu und strahlt mich an.
Ein dankbares Lächeln huscht über meine Lippen und ich nippe an meinem heißen Kaffee. Warm und angenehm läuft er meine Kehle hinunter und ich lasse mich in dem Korbsessel zurücksinken. Es ist schön, zuhause zu sein. An einem Ort, an dem man sich nicht

verstellen muss und sein kann, wie man ist. Mit allen Fehlern, Marotten und mit einem Lachen im Gesicht.
»So, dann erzähl mir mal von Alex«, fängt Rosa an und ich merke, wie mir erneut die Röte ins Gesicht schießt.
»Was soll ich sagen? Da ist nichts. Alex ist der Verlobte meiner Freundin Emma und Schluss.«
»Aha«.
»Was heißt hier ‚Aha'?«, frage ich Rosa mit einem sarkastischen Unterton.
»Och … nichts …«, grinst sie und fährt fort, »ich meine ja nur, dass du dich in den Typen verknallt hast.«
»Nein«. Ich fahre hoch und etwas Kaffee schwappt aus meiner Tasse. »Ganz bestimmt nicht. Ich habe dir schon vor einem Jahr gesagt, dass ich mich nie wieder verlieben werde. Hast du das vergessen?«
»Nö, habe ich nicht. Aber ich glaube dir nicht. Das kannst du gar nicht. DU hast so ein weiches Herz …«, beginnt sie, doch ich unterbreche sie energisch.
»Eben! Und genau das soll nicht mehr gebrochen werden. Meinst du, ich mach das ganze Theater noch mal mit? Niemals! Ein Flo reicht mir. Vielleicht hole ich mir einfach Sex und lass die Liebe aus dem Spiel. Die ist ohnehin nur verletzend. Die braucht keiner!« Ich rede mich in Rage. Mein Herz hämmert und Schweiß bildet sich auf meiner Stirn.
»Also gut. Wenn du im Moment keine Liebe brauchst … dann ist das eben so«, gibt Rosa zögernd nach.
Sie weiß ganz genau, dass sie mich nicht mit klugen Ratschlägen oder weisen Worten erreicht. Das hat sie früher öfter versucht und ich habe immer das Gegenteil getan.
»Wann hattest du das letzte Mal Sex?«
Ich erröte – schon wieder. Das Thema ist mir unangenehm. Sex hat man, aber darüber redet man nicht. Und ich für meinen Teil habe noch nicht welchen.
»Verstehe. Also war Flo der Letzte?«
Ich nicke.

»Dann wird es Zeit, dass du mal wieder so richtig … also, ich meine, dass du dich mal wieder so richtig fallen lassen kannst und deinen Körper bewusst wahrnimmst. Such dir doch einen heißen Typen und …«
»Ich will aber nicht!«, gifte ich sie an und sitze bereits auf der Kante des Sessels. »Ich habe keine Lust einen Typen mit nach Hause zu nehmen und dann … Das ist meine Wohnung. Da kommt kein Typ mehr rein. Damit das klar ist! Und nun hör auf mit den Quatsch. Ich will nicht mehr darüber reden, sonst ist der ganze Tag im Eimer.«
Schweigen. Rosa hat offenbar eingesehen, dass sie bei mir auf Granit beißt und ich beginne, mich langsam zu entspannen.
»Flo kommt nach Weihnachten zurück. Er hat den Auftrag, hier eine Filiale zu eröffnen. Wusstest du das?«
Der Schluck Kaffee, den ich gerade im Mund habe, landet prustend auf dem weißen Teppich vor meinen Füßen.
»Was?«, kreische ich und alles in mir verkrampft sich.
»Woher weißt du das?«
»Weil ich in lockerem E-Mail-Kontakt mit ihm stehe. Ist doch nicht verboten. Er hat mich irgendwann angeschrieben und sich nach dir erkundigt. Ich habe ihm geantwortet, es ginge dir gut, und dass du eine neue Wohnung und einen neuen Job hast. Stimmt doch.«
Wütend stemme ich mich aus dem Sessel hoch, stelle die Tasse auf dem gläsernen Couchtisch ab und stapfe in die Küche. Auf halbem Weg kommt mir Keks schwanzwedelnd entgegen, doch ich beachte ihn nicht. Mein Zorn ist grenzenlos! Was fällt Rosa ein, noch immer mit Flo befreundet zu sein? Was will er noch von mir? Von ihr? Er ist schließlich aus meinem Leben verschwunden! Nicht umgekehrt. Keuchend lehne ich mich an die Kühlschranktür und vor meinen Augen dreht sich alles. Was wird passieren, wenn er zurückkehrt? Wird er sich mit mir treffen wollen? Und will ich das? Will ich ihn sehen? Und dann? Tränen schießen mir in die Augen und ich wische sie wütend fort. Nein! Das will ich nicht! Ich habe inzwischen mein

eigenes Leben, in dem Flo keinen Platz mehr hat. Entschlossen ergreife ich den Putzlappen und stapfe zurück in den Wintergarten. Keks hat es sich mittlerweile auf dem Schoß meiner Schwester gemütlich gemacht. Wortlos putze ich die Sauerei auf, schnappe mir meine leeren Tasse und rufe Keks zu mir.
»Muss mal vor die Tür«, erkläre ich mein Verhalten und Rosa nickt lächelnd.

****

Kalter Wind schlägt mir entgegen und noch immer fallen dicke, weiche Flocken vom Himmel. Eigentlich wäre es der perfekte Weihnachtstag. Eigentlich! Wenn sich nicht all meine Gedanken um Männer drehen würden. Entschlossen stapfe ich die Straßen entlang und in wenigen Minuten stehe ich mitten auf einem Feld. Keks freut sich über das weiße Zeug, das vom Himmel fällt, und wälzt sich genüsslich in einem Schneeberg. Nur seine kleinen, schwarzen Pfoten, die er in den Himmel reckt, kann ich erkennen. Wie niedlich. Langsam beruhigt sich mein Herzschlag und ich atme befreit auf. Warum mache ich mir nur solche Gedanken? Warum warte ich nicht einfach ab, was passiert? Die Stadt ist groß genug, sodass ich Flo bestimmt nicht zufällig über den Weg laufen werde. Und wenn? Was soll schon geschehen? Ich bin immer noch Herr meiner Selbst. Ich kann eigenständig bestimmen, was ich tun und was ich lassen werde.
Keks hat sich wieder hochgerappelt und fordert mich nun auf, ihm zu folgen. Fröhlich bellend rennt er vor mir her und ich ziehe die Kapuze meines Mantels tiefer in die Stirn. Eine knappe Stunde Zeit bleibt mir, bevor wir uns alle zur Kirche begeben. Auch so eine Tradition, die ich lieb gewonnen habe. Ich bin nicht gläubig. Jedenfalls nicht so, wie es die meisten Christen sind. Ich glaube an das Universum, die Engel und das Schicksal. Aber ein grauhaariger, alter Mann, der auf einem Thron im

Himmel sitzt und über uns wacht – das ist nicht meine Welt. Trotzdem gehören der Kirchgang und Weihnachten für mich zusammen. Das ist der Moment, in dem ich entspanne, über die Vergangenheit nachdenke und mir eine Zukunft erträume. Also nicht, dass ich das sonst nicht auch täte, jedoch an diesem heiligen Ort ist es einfach etwas besonders.
Plötzlich spüre ich die Vibration meines Smartphones in meiner Manteltasche und hole es hervor. Eine Nachricht ist eingegangen. Die Nummer kenne ich nicht.
»Hi kleine Anja. Ich wünsche dir und deiner Familie ein wundervolles Weihnachtsfest. Und ich freue mich auf Silvester. Hoffentlich bekommst du ein paar rote, heiße Dessous vom Weihnachtsmann. Die finde ich nämlich besonders scharf. Ich würde dich gerne auspacken und dir zeigen, wo der Baum die Nadeln hat. Unter meinen Händen schmilzt sogar der Schnee. Lass dich überraschen. Erwartungsvolle Grüße, Alex«. Nachdem ich die Nachricht noch dreimal gelesen habe, lasse ich mein Smartphone sinken. Was ist das denn? Irgendwie plump und gleichzeitig niedlich. Aber was hat das zu bedeuten? Mein Gehirn ist wie eingefroren, während mein der Rest meines Körpers auf seine eigene Weise reagiert. Wieder sehe diese imaginäre Zunge, die mir mein Unterleib entgegenstreckt. Schmetterlinge tanzen in meinem Bauch Samba und heiße Schauer überziehen meine Haut. Oha. Er will mich also ... und Emma? Was sagt sie dazu? Weiß sie es? Bestimmt nicht! IHR Verlobter macht MICH an. Das kann nicht gut gehen ... oder doch? Irgendwie schaffe ich es, in diesem Moment mein schlechtes Gewissen beiseitezuschieben. Mein Körper hat die Macht übernommen. Da ist seit langer Zeit mal wieder ein Mann, der mich will. Und ich, ICH will ihn. Warum also nicht, verdammt? Vielleicht will er ja auch nur seinen Spaß mit mir – so wie ich mit ihm. Vielleicht hat er Panik vor der Ehe und will alles auskosten, was er bekommen kann. Und ich? Ich möchte mich so gerne mal wieder als Frau fühlen - begehrt und befriedigt.

»Ich will dich, aber ...«, flüstere ich vor mich hin und male mit meiner Schuhspitze Kreise in den Schnee. Es klingt nach Doppelmoral. Aber es ist mein Leben und ich kann machen, was ich will! Und ich will! Entschlossen leine ich Keks an und begebe mich auf den Heimweg. Plötzlich freue ich mich auf Silvester. Nur die roten Dessous muss ich noch im Internet bestellen.

Besinnliche Weihnachten

»Noah ... Psst! Du musst ganz still sein. Vielleicht hörst du dann das Christkind«.
Ich stehe mit meinem kleinen Neffen vor der geschlossenen Wohnzimmertür und lausche den Geräuschen, die aus dem Inneren zu uns dringen.
»Aber ich bin doch still. Ich hör trotzdem nix«, flüstert der Fünfjährige aufgeregt. Ich kann mir ein Grinsen gerade noch verkneifen. Trotz meines kurzen, schwarzen Kleidchens mit der weißen Spitze am unteren Rand, knie ich neben ihm und drücke mein Ohr, genau wie er, an die Tür. So etwas verbindet ungemein.
»Na ja ... das Christkind ist aber auch leise dieses Jahr. Vielleicht bringt es gar keine Geschenke«, versuche ich ihn zu ärgern.
Doch der Knirps ist nicht doof. Er lässt sich nicht veräppeln und antwortet: »Vielleicht bringt er auch nur dir nichts und meine Geschenke liegen schon lange unter dem Baum«.
Ich muss lachen und richte mich wieder auf. »Ja, vielleicht ist das die Lösung. Wir werden es gleich erfahren.«
Wie aufs Stichwort ertönt im Inneren ein helles Glöckchen und Noah öffnet vorsichtig die Tür. Zaghaft – seine große Klappe ist nun gänzlich Vergangenheit – ergreift er meine Hand und gemeinsam betreten wir den Raum. Seine Augen werden handtellergroß, als er den

wundervoll erleuchteten Baum sieht. Die Deckenlampe ist ausgeschaltet, nur die elektrischen Kerzen am Baum brennen. Es ist genau dieser Anblick, der Weihnachten für mich ausmacht. Dieser eine Moment im Jahr, an dem ich sofort alle meine Gedanken verdränge und auch an Liebe und Frieden in der Welt glaube. Dieser Zeitpunkt ist für mich heilig und ich genieße ihn in vollen Zügen. Mama, Papa, Rosa und Robin stehen festlich gekleidet und in trauter Verbundenheit vor dem Baum und strahlen mit ihm um die Wette. Dann beginnen sie, ein Weihnachtslied zu singen und ich stimme glücklich mit ein. Noah kann das Lied zwar nicht, aber er summt fröhlich vor sich hin. Nach weiteren drei Liedern sitzen wir alle im Kreis vor der Tanne und schieben uns unsere Geschenke zu. Buntes Papier fliegt und wir fallen uns gegenseitig in die Arme. Das Glück ist in diesen Stunden des Heiligen Abends wirklich greifbar.

Kurz nach 19 Uhr begeben wir uns in die Küche, essen Würstchen mit Kartoffelsalat und Noah probiert seine neuen Spielzeuge aus. Danach gibt es selbstgemachten Glühwein und Kekse im Wohnzimmer. Die Stimmung ist fröhlich und ausgelassen und für mich könnte der Abend ewig dauern. Noah jedoch fallen langsam die Augen zu. Er hat sich zu meinen Füßen auf dem Boden ausgestreckt und schiebt ein großes, rotes Feuerwehrauto hin und her.
»Tante Anja«, beginnt er quengelig, »kannst du mir noch eine Geschichte erzählen?«
Immer, wenn wir in den letzten Jahren zusammenkamen, hatte ich dem Krümel eine meiner selbstgeschriebenen Kindergeschichten vorgelesen, denn jedes Mal bestand er darauf.
»Aber du kennst doch schon alle«, nuschle ich zusammengekauert auf dem Sessel, eine Tasse Glühwein in der Hand und habe wirklich keine Lust aufzustehen.

»Ach Anja, komm schon. Ich glaube, wir wollen alle eine hören. Vielleicht die mit der kleinen Tanne. Du weißt

schon«, ermuntert mich Rosa und ich werfe ihr einen giftigen Blick zu.
»Die habe ich aber nicht dabei.«
»Aber ich«, grinst Mum und ich seufze ergeben.
Wenn meine Mutter sich schon die Mühe macht und meine handgeschriebenen Zettel aufhebt, kann ich mich nicht weigern, sie vorzulesen.
»O.k., du Zwerg«, sage ich an Noah gewandt, der mich freudig anstrahlt. »Ich mach's, wenn du vorher im Bad verschwindest und dich bettfertig machst. In zehn Minuten komme ich und lese dir vor. Dann wird aber geschlafen, verstanden?«
Noah nickt und ist wenige Sekunden später mit Keks im Schlepptau verschwunden. Süß die beiden.

****

Das Weihnachtsfest
Es war kalt geworden. Der Winter hatte Einzug gehalten und auf allen Giebeln und Dächern, Straßen und Feldern lag frisch gefallener Schnee - rein und weiß, noch völlig unberührt. Die Welt lag in tiefem Frieden.
Nur im Wald herrschte eine hektische Stimmung. Die Bäume unterhielten sich aufgeregt, denn Weihnachten stand vor der Tür. Welcher von ihnen sollte dieses Jahr die Ehre haben, von den Menschen zu einem Weihnachtsbaum auserwählt zu werden? Alle wollten sich schmücken lassen und in hellem Glanz erstrahlen - dann war man etwas Besonderes, denn nur die Besten und Schönsten wurden dafür auserkoren.
»Bestimmt bin ich dieses Jahr an der Reihe«, meinte einer.
»Nein ich!«, ein anderer.
»Du doch nicht. Ich bin viel schöner«, kam es aus allen Ecken des Tannenwalds. So riefen sie aufgeregt

durcheinander und alle Bäume beteiligten sich an dieser Diskussion - nur eine kleine, verschüchterte Tanne nicht. Sie stand am nördlichen Rand des Waldes nahe eines Abgrunds und hatte nie genug Sonne und Wärme abbekommen. All die Jahre hatte sie ihre dürren Zweige dem Licht entgegen gestreckt, doch ausreichend war es nie gewesen. Nun hörte sie traurig zu. Sie wollte bestimmt niemand.

Ich bin hässlich und klein - die anderen sind viel schöner, dachte sich die Tanne.

So lauschte sie lediglich, wie die umstehenden Bäume von einem Dasein als Weihnachtsbaum erzählten. Sie hatten alle nur davon gehört. Keiner wusste so recht, was dabei passierte. Nur ein paar Vögel hatten es ihnen berichtet. Sie konnten durch die Fenster der Menschenhäuser sehen und erzählten, wie schön es sein musste. Aber die kleine Tanne machte sich keine Hoffnung.

»Was schaust du denn so traurig?«, fragte ein kleiner Vogel. Er war einer derjenigen, die den Winter über in den heimischen Wäldern blieben und immer diese tollen Geschichten verbreiteten.

»Ich werde nie ein Weihnachtsbaum sein. Ich bin nicht gut genug«, sagte die Tanne traurig.

»Was redest du? Nur weil du kleiner bist? Manche Menschen gehen nicht nur nach dem Äußeren. Sie werden schon erkennen, dass mehr in dir steckt. Besonders die Menschenkinder haben diese Begabung. Du hast ein großes Herz und bist genau richtig als Weihnachtsbaum. Du kannst die Botschaft der Liebe und Geborgenheit in die Seelen der

Menschen transportieren, das ist das Wichtigste an Weihnachten«, sagte der Vogel und erhob sich wieder in die Lüfte. Dabei ließ er einen sehr nachdenklichen, kleinen Baum zurück, der die Rede des Vogels nicht verstand. Er sollte ein Weihnachtsbaum werden? So recht konnte er noch nicht daran glauben.

Die Tage der Adventszeit vergingen und die Vorfreude der anderen wurde immer größer. Sie waren sich alle so sicher und glaubten fest an sich.

Der 24. Dezember war gekommen. Einige Bäume, meist die größten, hatten den Wald bereits verlassen und ihre Bestimmung gefunden. Die Hoffnung der Tanne, die sie aufgrund der Worte des Vogels anfänglich noch hatte, schwand. Traurig ließ sie ihre Zweige hängen und fand sich damit ab, weiter am Abgrund zu leben.

Doch kurz vor der Dämmerung, stapften zwei Menschen, ein großer und ein kleiner, heran. Ein Vater war mit seinem Sohn in den Wald gekommen, um, wie jedes Jahr, den Baum für den Heiligen Abend zu schlagen.

»Schau mal, Sohn. Nehmen wir doch diesen hier. Der ist schön groß und gut gewachsen.«

Die Tanne, die am lautesten geschrien hatte, war ganz aufgeregt und reckte ihre Zweige noch ein Stück höher in den Himmel, um besser dazustehen. Aber diese wollte der Sohn nicht. Er stiefelte weiter suchend durch den Schnee - er wollte etwas Besonderes haben. Und da sah er die kleine Tanne. Ihre kümmerlichen Zweige waren voller Schnee und hingen zu Boden.

»Schau Papa, die da. Die will ich haben. Die ist nicht so schön wie die anderen, aber sie hat etwas Besonderes. Ich mag sie.«

»Na gut. Wenn man sie schön schmückt …«, antwortete der Vater resigniert. Die kleine Tanne zitterte vor Aufregung.

Was? Ich soll es sein? Das gibt es nicht, dachte sie ungläubig. Aber da hatte der Vater schon die Axt angesetzt und fällte die kleine Tanne. Danach wurde sie auf einen Wagen gelegt und aus dem Wald gefahren.

»Oh du Glückliche …«, riefen die anderen Bäume, die so lange gehofft und gebangt hatten, neidisch. Einige wünschten ihr trotzdem noch alles Gute zum Abschied.

Der Weg war nicht sehr weit und schon war die kleine Tanne am Haus der Familie angekommen. Sie staunte nicht schlecht, denn sie sah so etwas zum ersten Mal. Hell erleuchtet stand das Gebäude in einem kleinen Garten. Bunte Lichter brannten überall und es war festlich geschmückt für die kommenden Tage. Warmes Licht schien aus den kleinen Fenstern auf die Straße und sah sehr einladend aus. Doch lange konnte die Tanne den Anblick nicht genießen. Sie wurde hochgehoben und in den größten Raum, das Wohnzimmer, getragen. Im Kamin brannte ein wärmendes Feuer, denn draußen war es bitterkalt. Das hatte die Tanne noch nie erlebt. Alles war so neu und aufregend, dass sie zu zittern begann. Der restliche Schnee fiel von ihr ab und entblößte ihre dürren Äst . In der Mit e des Raumes befand sich ein Ständer, mit einem dicken Dorn, der sie festhalten sollte, denn sie konnte ja nicht mehr selbstständig stehen. Dort wurde sie vom Vater mit viel Mühe hineingestellt und ihre schönste Seite nach vorne gedreht.

»So können wir sie stehen lassen. Dein Sohn wollte diese mickrige Tanne haben. Ich weiß auch nicht, was er an dieser so schön findet«, sagt der Vat r nach getaner Arbeit entschuldigend zu seiner Frau. Doch die Mutter lächelte - sie konnt ihren Sohn verst hen, denn auch sie spürt die besondere Aura, die von diesem Baum ausging. Dann holte sie die vielen bunten Schachteln, in denen sich die Kugeln befanden, und schickte ihre Familie mit den Worten, »ich werde dieses Jahr dem Christkind ein wenig helfen und die Tanne selber schmücken«, aus dem Raum. Dieser Vormittag gehörte nur ihr und dem Baum. Sie machte das Radio an und leise Weihnachtsmusik drang an ihr Ohr. Nun war sie ganz allein mit der kleinen Tanne und begann, sie liebevoll und mit Hingabe zu schmücken. Sie wollte die Tanne in einem guten Licht erscheinen lassen und ihre besondere Aura unterstreichen. Fast zärtlich befestigte sie die Kugel und Kerzen an den krummen Ästen. Die kleine Tanne stand ganz still und genoss die Aufmerksamkeit, die ihr zuteilwurde.

Dann kam der Abend. Die Familie hatte am Nachmittag die Kindermesse besucht und nun waren alle dabei, sich festlich zu kleiden. Die Tanne hatte die Zeit genutzt, um sich an die Kerzen und Kugeln zu gewöhnen. Auch an die Wärme des Raumes hatte sie sich angepasst.

Dann kam der kleine Vogel wieder. Er schaute durch das Fenster in den Wohnraum und piepste ihr zu: »Na kleine Tanne. Nun hast du es doch geschafft. Genieße den Abend und sei glücklich. Draußen ist es bitterkalt. Ich komme dich wieder besuchen, doch nun muss auch ich mir ein warmes Plätzchen suchen«. Mit diesen Worten verschwand der gefiederte Freund im Vogelhäuschen des Gartens und ließ sich die bereitgestellten Körner schmecken. Auch für ihn war heute ein besonderer Tag.

Nachdem die Eltern die Geschenke, die das Christkind gebracht hatte, unter dem Baum zurechtgelegt hatten, wurde das Licht gelöscht und nur die Kerzen brannten hell und tauchten das Zimmer in ein warmes, beruhigendes Licht. Dann läutete die Mutter ein helles Glöckchen und Vater und Sohn betraten das Zimmer. Die kleine Tanne vergaß nie den Ausdruck in den Augen des kleinen Jungen, als er seine unscheinbare Tanne sah. Sie strahlte hell und reckte ihre Zweige in die Luft. Jetzt erschien sie groß und festlich. Jetzt war sie nicht mehr die ängstliche, mickrige Tanne aus dem Wald. Dieser Augenblick war so wundervoll und rührend, dass die Tanne schlucken musste. Sie war so stolz. Nun wusste sie auch, wovon die Vögel immer geredet hatten.

Doch der Augenblick des Glanzes ging vorbei. Die Geschenke wurden ausgepackt und keiner hatte mehr Augen für die Tanne. Aber sie war in Gedanken und erlebte den Augenblick im Geiste immer und immer wieder. Und so merkte sie auch

nicht, wie der Abend zu Ende ging, ihre Lichter gelöscht wurden und der Glanz verflog.
»Na kleine Tanne, was hab ich dir gesagt? Hoffentlich hast du deinen großen Moment genossen.« Der Vogel schaute noch einmal zu ihr ins Fenster hinein.
»Oh ja. Es ist toll, ein Weihnachtsbaum zu sein. Sag den anderen, dass sie Recht hatten, sich darauf zu freuen. Bald sind sie dran. Nächstes Jahr«, schwärmte die Tanne.
»Genieße es, solange es dauert«, sagte der Vogel, flog davon und ließ mal erneut eine völlig verwirrte Tanne zurück.
Wovon redete der Kleine nur immer wieder? Es geht so weiter, solange ich lebe. Hier habe ich mein zuhause, meine Bestimmung gefunden. Ich bin ein Weihnachtsbaum, dachte die Tanne und freute sich schon auf die nächsten Tage.
Am kommenden Morgen wurden die Lichter wieder angezündet und die Tanne war glücklich. Doch keiner beachtet sie. Auch am nächsten Tag und den darauf folgenden nicht. Sie war in Vergessenheit geraten und wurde immer trauriger. Bald verlor sie ihre Nadeln. Erst einige, dann immer mehr.

Dann kam der 6. Januar, der Drei-Königs-Tag. Die bunten Kugeln und die schönen Kerzen, die herunter gebrannt waren, wurden entfernt. Nun stand sie wieder in ihrem ursprünglichen, mitlerweile verdörrten Kleid da. Viele Nadeln fehlten und auch ihre Illusion eines schönen Lebens war verschwunden. Sie wurde aus ihrem Ständer genommen und aus dem Haus geworfen. Auf dem Gehsteig lagen noch mehr Tannen und alle waren so wie sie. Dürre Ästchen mit vereinzelten, braunen Nadeln ragten in den Himmel und alle lagen auf einem Haufen.

Da war der Vogel wieder und setzte sich zu ihnen.

»Ja, ja, so endet ihr alle. Ein Moment des Ruhmes und dann ist der Zauber verflogen.«

»Hätte ich das gewusst«, stöhnt die kleine Tanne ganz verzweifelt.

»Wir wissen es«, antwortete der Vogel, »aber wir erzählen nie das Ende. Denn sonst würde sich keine von Euch sich jedes Jahr aufs Neue darauf freuen.«

»Ja, das stimmt. Diesem Moment wohnt ein besonderer Zauber inne. Ich bin froh, dass ich ihn erleben durfte. Und es lohnt sich sogar, dafür zu sterben. Nur für diesen einen Moment«, sagte die kleine Tanne lächelnd - und die anderen Tannen neben ihr auf dem großen Haufen stimmten ihr zu.

****

Die folgenden Tage bei meinen Eltern sind entspannt und ich genieße jede einzelne Minute. Ich schlafe aus, lese einige meiner vielen Bücher, die ich auf meinem Reader mitgenommen habe, und liebe das Leben. Nach den Feiertagen fahren Rosa und Robin wieder nach Hause und wir verabschieden uns mit dem Versprechen, uns untereinander öfter zu melden.

»Noah? Kommst du?«, ruft Rosa ihren Sohn, während Robin bereits die Koffer zum Auto trägt. Ja, wenn man als dreiköpfige Familie reist, hat man eindeutig mehr Gepäck.

»Aber ich muss mich doch noch von der Tanne verabschieden«, ruft Noah aus dem Wohnzimmer und

ich muss lächeln. Meine Geschichte scheint ihn wohl nachhaltig beeindruckt zu haben.
»Tante Anja! Schau! Da ist der Vogel! Ob der wohl auch sprechen kann?«, ruft Noah, als ich das Wohnzimmer betrete. Und tatsächlich. Auf dem Fensterbrett sitzt ein Rotkehlchen und starrt zu uns ins Zimmer. Der Anblick so rührend, dass mir Tränen in die Augen schießen.
»Ja Noah. Ganz bestimmt redet der nun mit der kleinen Tanne. Lassen wir sie alleine. Wir verstehen ihre Worte ohnehin nicht«, flüstere ich dem Kleinen verschwörerisch zu und wische mir verstohlen die Tränen aus den Augenwinkeln.
»Das macht nichts, wenn wir sie nicht verstehen. Ich weiß sowieso, was der Vogel zur Tanne sagt.«
Ich staune einmal mehr über die Klugheit meines Neffen. Recht hat er.

Auch mich zieht es wieder nach Hause. Da sich bestimmt einiges angesammelt hat, das ich erledigen muss, bin auch ich in meine eigenen vier Wände zurückgekehrt. Hat auch was. Hier habe ich meine Ruhe und kann schalten und walten, wie ich will. Außerdem erwarte ich ein Päckchen mit Ware, die ich neulich bestellt habe. Meine Nachbarin hatte es dankenswerterweise angenommen und nun sitze ich, einen Tag vor Silvester, auf meinem Bett und schneide die Verpackung auf. Und ich staune nicht schlecht, als ich diesen Hauch von Nichts in Händen halte. Der BH ist schwarz-rot, mit feiner Spitze am oberen Rand und viel durchsichtigem Stoff – wenn man das bisschen Stoff als ‚viel' bezeichnen mag. Der Slip, ein Tanga, passt perfekt dazu und verhüllt auch nur das Nötigste – mein blondes Dreieck. Warum so ein bisschen Stoff so viel Geld kostet, ist mir zwar nicht klar, aber ich freu mich darauf, es zu tragen.
Schnell habe ich mich meiner Jeans und des T-Shirts entledigt und betrachte mich nun selbst im mannshohen Spiegel des Kleiderschranks. Au weia! Das geht gar nicht. Noch trage ich eine weiße Baumwollunterhose und einen

Sport-BH. Ich glaube, ich sollte meine alte Unterwäsche dringend aussortieren. Aber bisher hatte ich einfach nichts Neues gebraucht. Weder seit der Trennung noch davor. Florian hatte mich schon länger nicht mehr berührt, geschweige denn lustvollen, erotischen Sex mit mir gehabt. Hatten wir den überhaupt jemals? Ich weiß nur, dass es ihn nie interessiert hatte, was ich darunter trug. Ganz egal, was es war. Wenn wir miteinander schliefen, dann geschah das nur – und zwar ausschließlich – im dunklen Schlafzimmer. Meine Versuche, ihn auf der Couch oder unserem Küchentisch zu verführen, scheiterten kläglich. Er wollte es einfach nicht. Irgendwann hatte ich mich damit abgefunden und nicht weiter nachgefragt. Es gibt schließlich Wichtigeres als Sex. Liebe, Vertrauen und Verständnis. Und … wir wollten heiraten! Erneut bahnen sich Tränen ihren Weg an die Oberfläche, doch ich wische sie wütend beiseite. Stolz drücke ich meinen Rücken durch, gehe in die Küche und kehre mit einem Glas Wein vor den Spiegel zurück. Leise, klassische Musik dringt aus den Boxen meiner Stereoanlage und ich betrachte mich noch einige Sekunden. Schlechte Figur kann man das, was ich da sehe, wirklich nicht nennen. Die drei Monate, die ich mich nun bereits im Fitnessstudio quäle, zeigen langsam Ergebnisse. Ich zupfe etwas hier und da und drehe mich, mit meinem Glas Wein in der Hand, hin und her. Passt schon. Bis auf die grausame Unterwäsche.
Flink streife ich die alte ab und schlüpfe in die neuen Dessous. Schon allein der Namensunterschied zeigt die Differenz zwischen den beiden Kombinationen – es liegen Welten dazwischen! Welten? Ach was … ganze Universen! Warum habe ich das nicht schon viel früher getan? In diesen Sachen fühle ich mich endlich wie eine Frau! Also nicht, dass ich das in meinen Kleidern nicht täte … aber das ist schon noch mal eine ganz andere Hausnummer. Als ich jetzt das Ergebnis sehe, gefalle ich mir, seit … ja, ich glaube, seit Jahren wieder selbst. Ein kleines Lächeln huscht über mein Gesicht und ich

streiche mir lasziv durch die Haare. O.k., das schaut nicht halb so erotisch aus, wie ich es aus dem Fernsehen kenne, aber ich kann ja üben. Rhythmus! Ich brauche Power und Action – also eine andere Musik dazu. Ich liebe Klassik wirklich, jetzt ist sie jedoch eindeutig die falsche Wahl. Ich habe doch noch ... Moment ... Ach hier, da ist ja die neue CD, die ich mir erst vor wenigen Tagen gekauft habe. Vielleicht schaffe ich es damit. In Windeseile wechsle ich die CDs und die ersten lateinamerikanischen Klänge dringen aus den Lautsprechern. Jawohl! Damit geht es doch schon viel einfacher. Hüfte links, Hüfte rechts, eine kleine Drehung, dann in die Knie und langsam, ganz langsam wieder nach oben. Autsch. Das zwickt in den Beinen. Muss ich drauf achten, falls ich ... ja, falls was? Falls ich vor Alex strippe? Im Leben nicht! Dazu fehlt mir eindeutig das Selbstbewusstsein. Als ich mit hängenden Schultern vor dem Spiegel verweile und mich frage, was ich hier eigentlich tue, klingelt mein Smartphone. Eine Nachricht ist eingegangen. Von wem? Oh! Alex. Als hätte er es gerochen. Irgendwie unheimlich.
»Hi süße Maus. Ich freue mich schon sehr auf morgen. Hoffe, du hast dir schöne Unterwäsche besorgt. Wobei – bei dem, was ich mit dir anstellen werde, brauchst du gar keine. Was machst du Schönes im Moment? Falls dir langweilig ist, ich wüsste ganz genau, wie ich dir die Langeweile vertreibe.«
»Hi Alex«, beginne ich, zu tippen und grinse dabei über das ganze Gesicht.
Ist doch immer wieder erstaunlich, wie sehr eine einzige Nachricht die Stimmung verändern kann. Eben noch down, nun wieder high – ich bin echt zu alt für den Scheiß. Und dennoch fliegen die Schmetterlinge in meinem Bauch und feuern mich an.
»Schreib was Lustiges, schreib was Erotisches«, quietschen sie in meinem Ohr, doch ich verscheuche sie. Bestimmt nicht. Wer weiß schon, ob Emma die Nachricht nicht zufällig liest. Also was soll ich ihm antworten? Was ich mache? Ich probiere die Dessous für morgen. Soll ich

ihm das schreiben? Nö. Ich beschließe neutral zu bleiben und tippe weiter.
»Ich freue mich auch auf morgen. Soll ich noch etwas mitbringen auf die Party? Sag Emma einen schönen Gruß. Bis morgen gegen 19:00 Uhr. LG Anja«. Mit einem Klick ist die Nachricht versendet und ich lasse mein Smartphone sinken. Auf was habe ich mich da nur eingelassen?

Silvester

Es ist kurz vor siebzehn Uhr. Noch habe ich gute zwei Stunden Zeit. Ich liege in der Badewanne, habe mir ein Glas Wein eingeschenkt und ein paar Kerzen aufgestellt. Ich liebe mein kleines Badezimmer und die Wanne. Das Licht, das von der Decke strahlt, ist alles andere als romantisch. Der Schaum bedeckt meinen Körper und ich greife hinein. Dann puste ich die kleinen Wölkchen durch den Raum und grinse. Ich bin so gespannt, wie der Abend, und natürlich auch die Nacht, verlaufen wird. Heute Mittag habe ich noch einen Nachtisch gezaubert, den ich mitbringen will. Emma hat zwar nichts gesagt, aber ich weiß, dass sie nicht gut kochen kann. Wer wohl alles da sein wird? Die Gedanken drehen sich schon wieder im Kreis und die Schmetterlinge in meinem Bauch beginnen, leise und vorsichtig zu flattern. Wer hätte das vor einem Jahr gedacht? Damals saß ich, in meinen Bademantel gehüllt, auf der Couch meiner Eltern und sehnte Mitternacht herbei, um kurz nach dem Feuerwerk ins Bett zu verschwinden. Und heute? Heute beginnt ein neues Leben! Ein neues Jahr, ein neues ICH. Alex' Gesicht taucht in meinen Tagträumen auf und seine blauen Augen scheinen mich anzulachen. Ich weiß, dass er sich genau so sehr auf unser Treffen freut wie ich. Die beunruhigende Tatsache, dass alles nur ein Fake sein oder alles auffliegen könnte, schiebe ich in die hinterste

Ecke meines Bewusstseins. Auch, dass ich, wenn ich Sex mit ihm haben sollte, Emma hintergehe, verdränge ich. Sie ist zwar meine Freundin, aber ... verdammt! Ich will es einfach! Und die weiche, warme Stelle zwischen meinen Schenkeln will es auch. Sie will es so sehr, dass sie sich pochend zu Wort meldet. Die Schmetterlinge flattern nun gesammelt durch meinen Bauch und das Pochen wird drängender. Ich stelle mir vor, wie Alex im Türrahmen auftaucht, sich seiner Kleidung entledigt und zu mir ins Wasser steigt.
»Hi Süße«, höre ich seine imaginäre, tiefe Stimme in meinem Ohr und schließe die Augen. Au ja! Ich liebe meine eigene Fantasie und gebe mich ihr völlig hin. Immer tiefer lasse ich mich in das Wasser sinken, bis meine Ohren vollständig bedeckt sind. Die Welt ist für einen kleinen Moment ausgeschaltet. Jetzt zählen nur ich und meine Hände. Langsam öffne ich meine Schenkel und lasse meine Hand zu meinem Venushügel wandern. Die empfindlichste Stelle dort kenne ich ganz genau und ich weiß, wie ich mich selbst berühren muss, um zum Höhepunkt zu gelangen. Einen Vibrator, wie Chrissy und Charly ihn haben, brauche ich wahrlich nicht. Mir genügen meine eigenen Finger, die ich tief in meiner Mitte versenke. Noch immer sehe ich Alex vor mir, wie er mich stumm betrachtet. Er schaut mir dabei zu – und sein schelmisches Lächeln fordert mich förmlich dazu auf, es zu Ende zu bringen. Unter leisem Stöhnen erreiche ich den Gipfel und tauche vollständig mit dem Kopf unter Wasser. Ich schreie nicht. Habe ich noch nie. Wie andere Frauen das können, verstehe ich nicht. Bei mir läuft das Ganze kurz und leise ab. Und das auch nur, wenn ich mir selber einen Gefallen erweise. Mit Flo in mir gab es nicht einmal einen Höhepunkt. Aber das war damals auch nicht wichtig. Ich kannte es nicht und so vermisste ich auch nichts. Selbst ist die Frau.
Nachdem sich mein Körper wieder beruhigt hat, tauche ich auf und beginne meine Haut von den kurzen, blonden Haaren zu befreien. Schließlich gehört sich das

so. Hab ich mal irgendwo gelesen. Dann leere ich mein Glas Rotwein mit einem Zug, dusche mich ab und verlasse die Wanne. In einer Stunde beginnt die Party und ich habe noch viel vor.

****

Knapp nach neunzehn Uhr steige ich in den Bus, der mich bis kurz vor Emmas Wohnung bringen wird. Meinen langen, weichen Mantel habe ich eng um mich geschlungen und meine Füße stecken in dicken, hohen Stiefeln. Es ist eiskalt und ich habe wirklich keine Lust, mir eine Blasenentzündung zu holen. Ganz bestimmt nicht jetzt! Auf eine Mütze habe ich allerdings gänzlich verzichtet. Schließlich hat mich die Modellierung meiner Frisur eine knappe, halbe Stunde gekostet. Doch jetzt sitzt jedes Härchen, wie es soll. Das Make-up habe ich dezent gewählt und auch das kleine Schwarze, zusammen mit den rot-schwarzen Dessous und der Strumpfhose, hatte ich bereits herausgelegt. Schmuck trage ich keinen. Ich glaube, nichts ist schlimmer, als einen Ohrring am Ort des Geschehens zu verlieren. Sieht man ja oft genug im Fernsehen. Ob es allerdings ein Geschehen geben wird, davon bin ich im Augenblick nur mäßig überzeugt. Ich kann mir einfach nicht vorstellen, wie es passieren soll, wenn alle anderen sich im Haus befinden. Aber wie heißt es immer so schön: Lass dich überraschen! Eben. Und wenn es nichts werden sollte, dann habe ich zumindest keinen Fehler begangen und mein Leben kann weiter laufen wie bisher. Auch wenn es sehr schade wäre.
Vor der Haustüre höre ich bereits die Musik, die im Inneren spielt und ich freue mich sehr auf die Party. Ist schließlich schon eine Zeitlang her, dass ich mich auf einer Silvesterfeier herumgetrieben habe. Ich mag zwar die deutschen Schlager nicht besonders, aber scheinbar gehört das hier dazu. Na was soll's – ab einem bestimmten Alkoholpegel ist alles egal.

»Anja! Herzchen. Wie schön! Komm herein. Was hast du Feines mitgebracht? Solltest du doch nicht«, kichert Emma, nachdem sie die Haustür auf mein Klingeln hin geöffnet hat, und zieht mich ins Warme.
»Nur ein Tiramisu. Nichts besonders. Dachte, auf eine Party bringt man eben was mit. Wer ist denn schon alles da?«, antworte ich ihr, als ich meinen Mantel und meine Stiefel ausziehe und ihr ins Wohnzimmer folge.
»Such dir einen Sitzplatz. Kennst dich ja schon aus, gell? Alex wird sich gleich um dich kümmern.«
Ich nicke und grinse. Sie hat keine Ahnung, wie sehr ich mich darauf freue.
»Ja, mach ich, danke«, rufe ich ihr hinterher und lasse mich auf der weichen Ledercouch nieder. Zärtlich gleiten meine Hände über das Leder und für einen kurzen Moment stelle ich mir vor, was man hier so alles anstellen könnte.
»Na du Süße«. Alex Stimme direkt an meinem Ohr lässt mich zusammenzucken und ein wohliger Schauer läuft über meinen Rücken. Verdammt sieht der Typ heiß aus. Sein weißes Hemd ist geöffnet, die Jeans sitzen eng an seinen Beinen und ein herber, männlicher Duft weht mir entgegen. Und die Schmetterlinge sind jubelnd zurück.
»Na selber du«, antworte ich ihm.
Etwas Besseres fällt mir in diesem Moment nicht sein. Seine blauen Augen scheinen mich zu mustern und seine Hand landet wie zufällig auf meinem Bein. Blut schießt in meine südlichen Regionen, und wenn ich ein Mann wäre, würde man mir meine Erregung deutlich ansehen. Gut, dass ich keiner bin.
»Schön, dass du da bist. Kommen kannst du später«, raunt er mir zu und ich nicke nur.
Also hat er es ernst gemeint?!
»Was willst du trinken? Wir sind gerade alle im Wintergarten. Komm doch dazu«, fordert er mich auf und ich nicke erneut.
Also, dann lass uns mal feiern.

Die Zeit bis Mitternacht verfliegt rasend schnell. Wir fallen über das Buffet her, wie ausgehungerte Heuschrecken. Es ist aber auch zu lecker. Die kleinen, hausgemachten Frikadellen, das Rindercarpaccio und die Portweinfeigen mit Parmaschinken umhüllt, haben es mir auf der Vorspeisenplatte besonders angetan. Zwischendurch spülen wir alles mit Prosecco oder Bier hinunter und futterten uns kurz vor Mitternacht durch die Hauptspeisen. Da ich allerdings schon beinahe platze, halte ich mich zurück und lasse den Schweinebraten, die Rindsrouladen und auch den Hirschrücken aus. Ich bin so nervös, dass ich auf jede Art von Diät pfeife. Heute ist einfach ein ganz besonderer Tag – beziehungsweise eine besondere Nacht. Chrissy und Charly, die ich schon beim letzten Mal kennenlernen durfte, stehen kichernd am Küchentisch und füttern sich gegenseitig mit den Leckereien. Ab und zu gesellt sich auch Mike zu den Damen, doch er wird meistens mit Nichtachtung gestraft. Ob die Drei vielleicht eine Ménage-à-trois haben, kann ich nicht beurteilen – es sieht jedoch fast so aus. Na, wenn sie meinen, dass sie zu dritt glücklich sein können, bitte sehr. Ich find's irgendwie niedlich.

Alex rennt geschäftig vom Wintergarten in die Küche und zurück und ich habe Gelegenheit, ihm regelmäßig einen anzüglichen Blick zuzuwerfen. Jedenfalls meine ich, dass mein Blick meine Lust ausdrückt. Ob er es auch so sieht, entzieht sich allerdings meiner Kenntnis. Zumindest lacht er mich nicht aus, sondern zwinkert mir immer wieder lächelnd zu. Emma dagegen steht die meiste Zeit mit Mia und ihrem Verlobten Tom auf der Terrasse und die Drei unterhalten sich glänzend. Klar, man muss sich ja über die bevorstehende Hochzeit austauschen. Da ich mir noch nie Gedanken über eine dauerhafte Bindung gemacht habe – o.k., fast nie ... aber Florian zog ja Boston vor und ich kam noch nicht einmal dazu, etwas in der Richtung zu planen – halte ich mich aus ihrem Gespräch raus.

Kurz vor Mitternacht greife ich nach meinem Mantel, schlüpfe in meine Schuhe und gehe mit den anderen vor die Tür. Jeder von uns hat ein Glas Sekt in der Hand, und als das Feuerwerksspektakel beginnt, fallen wir uns der Reihe nach in die Arme. Alex, der mit seiner Verlobten einen filmreifen Kuss zustande bringt, Mia und Tom, die sich in den Armen halten, Chrissy, Mike und Charly, die eng beieinanderstehen – und ich. Eigentlich sollte ich mir einsam vorkommen, doch es ist o.k., wie es ist. Ich kann es ohnehin nicht ändern. Die Jungs haben Raketen dabei und feuern diese munter in die Luft. Staunend betrachte ich das Farbenmeer und wünsche mir in diesem Moment, dass sich mein Leben positiv weiterentwickelt. Vielleicht stehe ich ja bereits nächstes Jahr auch mit einem Mann irgendwo auf der Welt und beobachte das Schauspiel. Vielleicht ja sogar auf irgendeiner Südseeinsel mit einem goldenen Ring am Finger. Wer weiß schon, was das Leben bringt – und träumen wird ja wohl erlaubt sein.

»Ich geh wieder rein«, sagt Alex in diesem Moment und wirft mir einen Seitenblick zu. »Kommt jemand mit?«

»Ja, wir kommen auch gleich«, antwortet Emma und wendet sich wieder Mia und Tom zu.

»Ich geh mit rein, mir ist kalt«, sage ich laut und schleiche hinter Alex her.

»Wenn dir kalt ist, dann wüsste ich eine Methode, um dich wieder aufzuwärmen«, flüstert mir Alex zu und meine Gänsehaut verstärkt sich noch.

»Ach? Und was?« Tausend Gedanken schießen mir durch den Kopf und die Schmetterlinge baden in Sekt.

»Soll ich es dir zeigen?«, fragt Alex, dicht an meinem Ohr und küsst mich auf den Hals. Au weia. Genau hier ist mein Anschaltkopf. Mein Körper, der bisher wirklich brav war und bereits schon nicht mehr mit einer sportlichen Tätigkeit gerechnet hat, schlägt Alarm. Soll ich echt?

»Jetzt?«, frage ich schüchtern, doch Alex ergreift meine Hand und zieht mich in den kleinen Abstellraum hinter der Küche. Dann lehnt er sich an die Wand und zieht

mich dicht an sich heran. Mein Magen kribbelt, die Stelle zwischen meinen Schenkeln pocht und mir ist plötzlich gar nicht mehr kalt. Ich bin ihm so nah, dass ich in seinen Augen versinken könnte. Ein Lächeln umspielt seine vollen, weichen Lippen und ich kann nicht anders – ich drücke mich noch etwas enger an ihn und unsere Lippen treffen aufeinander. Ganz vorsichtig berühren sich die Spitzen unserer Zungen und fordern einander auf, zu tanzen.
»Ich will dich«, haucht Alex an meinem Mund und ich stöhne auf.
»Ich will dich auch«, flüstere ich zurück und er verschließt meine Lippen mit seinen. Zuerst ganz langsam und vorsichtig wird das Spiel unserer Zungen immer wilder und heftiger. Seine Hände wandern über meinen Po und umfassen ihn. Auch ich will ihn berühren und lasse meine Finger unter sein Hemd wandern. Ganz behutsam, als ob ich den Moment zerstören könnte, gleiten meine Fingerspitzen an seiner warmen, festen Haut entlang und enden in seinem Nacken. Unser Verlangen wird immer stärker und die anfängliche Zurückhaltung wandelt sich in stürmische Leidenschaft. Er schiebt mein Kleid nach oben, seine Hand in meinen rot-schwarzen Tanga und berührt meinen frisch rasierten Venushügel. Ich weiß genau, dass ich das hier will. All meine Gedanken, meine Moral oder auch die Zweifel verschwinden in diesem Moment im Nirvana. Mein Körper hat die Kontrolle übernommen. Der Kopf ist ausgeschaltet.
»Ups«, hör ich seine Stimme in meinem Ohr und schaue ihn verwundert an.
»Was denn?« Leichte Panik steigt in mir auf. »Ups« ist eindeutig das falsche Wort in so einer Situation und ich verkrampfe mich.
»Ich glaube, ich habe soeben deine Strumpfhose vernichtet«, grinst er spitzbübisch. »Ist das ein Problem?« Meine Unsicherheit löst sich schlagartig in einem Kichern auf. Und ich dachte schon, es sei etwas Schlimmes. Leicht

boxe ich ihn auf seinen Oberarm. Der Alkohol löst sämtliche Hemmungen.
»Das ist alles? Erschreck mich doch nicht so, du Schuft. Los mach weiter«, fordere ich ihn auf und er schiebt meinen mittlerweile sehr feuchten Slip nach unten. Ich fließe fast über vor Verlangen.
»Ganz wie Ihr wünscht, Mylady. Komm rüber zur Waschmaschine. Die hat die richtige Höhe um ...«, raunt er mir zu und ich kichere.
»Waschmaschine? Hach, wie Mainstream. Aber wenn es da besser geht«, grinse ich, bevor er meinen Mund erneut mit seinen Lippen erobert. Seine Hände scheinen nun überall zu sein – auf meinem Hintern, meinen Brüsten, meinem Bauch und auch in mir. Hecktisch öffne ich seine Hose und schiebe nun auch seinen Slip hinunter. Seine pralle Männlichkeit begehrt Einlass und ich lasse mich nicht lange bitten. Eng umschlungen halten wir uns aneinander fest. Immer heftiger bewegt er sich in mir und auch mein Körper strebt dem Höhepunkt entgegen.
»Alex? Wo bist du denn? Ist alles o.k. bei euch? Soll ich euch helfen«, hören wir plötzlich die Stimme von Emma und ich schwanke zwischen Panik und Lachanfall. Nein, helfen muss sie uns wirklich nicht.
»Komme gleich«, ruft Alex, bemüht beherrscht zurück und ich muss mich beherrschen, um nicht lauthals loszuprusten.
»Ja, ich auch«, flüstere ich in sein Ohr und knabbere an der empfindlichen Muschel.
»Schön! Und ich geb Gas«, japst er. »Nicht, dass sie uns doch noch zur Hand gehen will.«
Wieder unterdrücke ich ein Lachen. Meine Konzentration ist weg, doch Alex schafft es spielend, mich wieder auf den richtigen Weg zu führen. Unsere Lippen aufeinander gepresst, versinken wir ineinander wie zwei Ertrinkende, die Halt suchen. Er hebt mein Becken an und ich schlinge die Beine um ihn, um nicht von der Maschine zu rutschen. Immer schneller und schneller werden seine Bewegungen und ich passe mich ihm an. Alles um mich

herum zerfließt in bunten Wellen und ich vergehe in Ekstase. In diesem Moment ist nichts wichtig – nur das Gefühl, diesen starken Mann in mir zu spüren und mich meiner Leidenschaft hinzugeben. Als er sich nur wenige Minuten später stöhnend in mir ergießt, halte auch ich es nicht länger aus. Meine inneren Muskeln ziehen sich krampfartig zusammen und ich presse meine Lippen noch fester auf seine. Wären wir jetzt alleine gewesen, hätte ich vor Lust geschrien. Gerade noch rechtzeitig erinnere ich mich daran, wo wir uns befinden. Von draußen klingt das Gelächter der anderen zu uns herein, als sich Alex aus mir zurückzieht und nach einer Küchenrolle greift. Vorsichtig tupft er unsere vereinigten Säfte ab, die aus mir fließen. Wie rücksichtsvoll. Bei dieser Gelegenheit wird mir schlagartig bewusst, dass wir kein Kondom verwendet haben. Gut, dass ich seit Jahren die Pille nehme. Nach getaner Arbeit wirft er die gebrauchten Tücher in den Müll und drückt mich noch einmal fest an sich.
»Das müssen wir unbedingt wiederholen, meine Schöne. Aber an einem Ort, an dem ich dir beweisen kann, dass noch viel mehr in mir steckt.«
Ich nicke zustimmend und freue mich bereits auf die nächste Gelegenheit. Das Verbotene reizt mich in diesem Moment so sehr, dass ich ihn am liebsten erneut in mir spüren möchte. Doch der Augenblick ist vorbei und grinsend löst er sich vollkommen erschöpft aus meiner Umarmung. Dann drückt mir noch einen Kuss auf den Mund und verpackt sein erschlafftes Heiligtum. Flink schließt er den Gürtel und strahlt mich an. Auch ich habe mich so weit wieder gesellschaftstauglich hergerichtet und grinse zurück.
»Passt alles?«, fragt er und ich nicke. »Das müssen wir wiederholen, ja?«
Erneut nicke ich und rutsche von der Waschmaschine. Die zerrissene Strumpfhose ziehe ich aus und knülle sie in meiner Hand zusammen. Auf dem Weg durch das

Wohnzimmer zum Bad lasse ich sie unauffällig in meiner Handtasche verschwinden.
»Bin gleich wieder da. Muss mal eben für kleine Mädchen«, rufe ich Emma zu, die auf der Ledercouch sitzt und mir zuwinkt.

Ja, ich habe ein schlechtes Gewissen. Und nein, ich bereue es nicht. Verdammt! Das war so geil. Tausend Gedanken fegen durch mein Gehirn, doch ich kann keinen greifen. Noch immer lächle ich selig, wie ein Kind an Weihnachten. Oh ja, das müssen wir wiederholen. Unbedingt. Nachdem ich mich auf der Toilette erleichtert habe, werfe ich einen Blick in den Badezimmerspiegel. Ein glückliches Gesicht, dessen Lippen ein wenig geschwollen sind, grinst mich an. Ich muss mein Make-up auffrischen und meine Haare richten. Gut, dass ich meine Utensilien eingesteckt habe. Irgendwie hatte ich doch damit gerechnet. Böse Anja. Mein Grinsen wird noch eine Spur breiter. Meinen nassen Slip ziehe ich aus und lasse auch ihn in meiner Handtasche verschwinden. Ich komme mir so verrucht vor, dass mich bereits erneut das Verlangen nach ihm überkommt. Vielleicht ergibt sich ja noch eine Gelegenheit. Vollkommen tiefenentspannt verlasse ich das Bad nach einiger Zeit und stelle mich an den Küchentisch, an dem Alex mittlerweile das Dessert aufgebaut hat. Auch er grinst zufrieden und wirft mir eindeutige Blicke zu, wenn er sich unbeobachtet fühlt.
»Dein Tiramisu ist hervorragend, meine Liebe«. Emma steht neben mir und legt mir einen Arm um die Schulter.
Oha. Mein schlechtes Gewissen dringt an die Oberfläche und ich spanne mich an.
»Ähm, ja. Danke. Ist ganz einfach. Schön, dass es dir schmeckt«, stottere ich und Röte steigt mir ins Gesicht.
»Ist dir warm? Wollen wir ein bisschen nach draußen gehen? Ich habe mich kaum um dich gekümmert, heute. Aber ehrlich, Mia und Tom sind so ein wundervolles

Paar. Sie wollen auch nächstes Jahr heiraten und es gibt so viel zu besprechen.«
Ich nicke. Es interessiert mich überhaupt nicht, aber ich höre ihren Erläuterungen zu und lasse mich von ihr in den Wintergarten ziehen. Um meine Scham ist es jetzt allerdings ein wenig zugig. Aber da muss ich durch.
»Schau mal, wie herrlich der Schnee fällt. Das ist hier im Norden wirklich nicht normal.«
Ich nicke wieder. Klar gefällt mir das und ich finde es auch wunderschön, doch ich kann mich gerade nicht freuen. Noch immer fühle ich ihren Verlobten in mir. Ich bin echt mies. In meinem Magen braut sich ein Sturm zusammen und mir wird plötzlich schlecht. Was habe ich nur getan?
»Einen Champagner die Damen? Zur Feier des Tages?«
Alex hat sich von hinten an uns herangeschlichen und drückt uns ein Glas in die Hand. Dann legt er seine Hände auf meinen und auf ihren Nacken und erneut überziehen Schauder meinen Rücken.
»Danke, mein Liebling. Oh, du hast extra eine Flasche aus dem Keller geholt, wie aufmerksam. Du bist so gut zu uns«, flirtet Emma und die beiden küssen sich direkt vor meinen Augen, ohne, dass er die Hand von meinem Nacken entfernt. Sie sind ein wundervolles Paar. Warum hat er dann mit mir geschlafen? Warum nicht mit ihr? Ich starre die beiden an, während ich an meinem Schampus nippe. Das Gesöff ist wirklich gut und der Druck in meinem Magen lässt langsam nach. Vielleicht habe ich auch nur zu viel gegessen. Als sie sich voneinander lösen, zwinkert mit Alex zu, küsst seine Verlobte flüchtig auf die Wange und dreht sich herum.
»Dann lasse ich die Damen mal wieder alleine, o.k.? Wenn ihr was braucht, ruft einfach.« Emma und ich nicken gleichzeitig.
»Danke, mein Schatz. Ja, wir zwei haben noch was zu besprechen. Da stören Männer nur.«
Oha. Was kommt jetzt? Weiß sie was? Hat sie doch etwas mitbekommen?

»Komm Anja, setzen wir uns da hinten in die Ecke.«
Mein Adrenalinspiegel steigt und ich gehorche ihr willenlos. Dazu passt das deutsche Lied, das gerade durch die Lautsprecher dringt und den Raum erfüllt.
»Dahinten ist es ein wenig ruhiger. Weißt du, ich brauche mal deinen Rat«, kichert Emma. Als wir uns in die Korbsessel sinken lassen, fährt sie fort. »Ich liebe Alex wirklich sehr. Wir kennen uns schon fast unser ganzes Leben. Im Kindergarten haben wir uns gehasst. In der Grundschule auch. Im Gymnasium saßen wir zeitweise nebeneinander und im Studium haben wir uns aus den Augen verloren. Na ja, und vor ein paar Monaten haben wir uns wiedergetroffen und beschlossen, dass wir ohne einander nicht mehr leben können. Ist das nicht großartig?«
Ich nicke. Klingt fast wie im Märchen. Ein neumodisches Märchen. Allerdings sieht Emma nicht wie eine Prinzessin aus. Und Alex? Dem fehlt das Pferd. Während ich so vor mich hindenke, fange ich ihren fragenden Blick auf. Hab ich was verpasst? Ich glaube, ich habe eindeutig zu viel getrunken. Egal. Mein Glas ist bereits wieder leer und ich stelle es auf dem Boden ab.
»Ja, eure Geschichte ist ganz wundervoll«, bestätige ich ihr und sie lächelt über das ganze Gesicht.
»Ich habe da nur ein Problem«. Emma senkt die Stimme und bemüht sich, leise zu sprechen.
Damit ich sie besser hören kann, beuge ich mich näher zu ihr. Der Duft ihres Parfums, eine Mischung aus Vanille, Rosenwasser und irgendwas anderem, streift meine Geruchsrezeptoren. Sehr angenehm. Ich versuche, sie zu verstehen, als sie fortfährt.
»Weißt du, Alex war noch nie ein Kostverächter. Das bedeutet, dass er vor mir sehr viele Frauen hatte und ein Gott im Bett ist«.
Ich nicke. Oh ja! Das kann man wohl sagen. Ein »ich weiß«, verkneife ich mir.
»Na, und ich bin eher das Gegenteil. Ich mag es nicht so sehr, auch, wenn er wirklich fantastisch ist. Wenn ich es

zulasse, dann muss es im dunklen Schlafzimmer unter der Bettdecke geschehen.«
Kenn ich. Florian war genauso. Oh, der Arme.
»Und Alex mag es lieber wild, verrückt und an anderen Orten«.
Wie geil! Ich auch!
»Verstehst du, was ich damit sagen will?«
Ich nicke innerlich ganz heftig. Was soll ich dazu sagen? Dass ich gerne ihren Job als Sexsklavin übernehmen würde? Dass er sich mit Vorliebe an mir versuchen darf? Dass ich ihr die Bürde abnehme? Nein. Nichts davon kommt über meine Lippen, obwohl sich die böse Anja in mir kaum zügeln kann.
»Ja, ich verstehe dich«, antworte ich ihr stattdessen und mache ein betroffenes Gesicht. Zumindest versuche ich es. »Nur wie kann ich dir helfen?«, wage ich den Vorstoß und halte den Atem an.
»Gar nicht. Leider. Er tut mir nur so leid, verstehst du? Vielleicht ... also, ich schätze dich so ein, dass du weißt, wie man Männer ... also ich meine ... kannst du mir Tipps geben, wie ich mich ändern kann? Ich will nämlich nicht, dass unsere Ehe daran scheitert.«
Oha. Ich bin sprachlos. Diesen Eindruck mache ich auf sie? Soll ich ihr wirklich sagen, dass ich seit eineinhalb Jahren keinen Sex mehr hatte? O.k., bis auf vorhin mit ihrem Verlobten. Aber DAS kann ich ihr unmöglich auf die Nase binden.
»Ich ... also ich ...«, stottere ich und suche krampfhaft nach einer Lösung. Emma schaut mich so bittend an, dass ich mir einen Ruck gebe. »Lass dich doch einfach mal auf das ein, was er mit dir machen will. Also, wenn er es mag und die Führung übernimmt, dann ...«.
»Ja, wahrscheinlich hast du recht. Aber ich traue mich einfach nicht.« Emma dreht sich wieder zum Fenster und starrt in die Dunkelheit.
Mein Innerstes schreit auf und in mir krampft sich alles zusammen. Warum zum Teufel habe ich Alex nicht vorher kennengelernt? Warum ... Aber die Frage stellt

sich nun nicht mehr. Ich werde die beiden nicht auseinander bringen. Ich werde mich zurückziehen und sie ihrem Schicksal überlassen. Ich werde …

»Kannst du mir helfen?«, stört Emma meine Gedankengänge und mein Vorhaben fällt wie Soufflee in sich zusammen. Klar. Natürlich helfe ich ihr. Wie ich immer helfe. Die böse Anja in mir schreit auf.

»Was soll ich denn machen?«, frage ich vorsichtig und sie lächelt.

»Vielleicht … also, wenn ich das nächste Mal einkaufen gehe, dann würde ich gerne … vielleicht gefallen ihm ja neue Dessous und ich fühle mich darin nicht mehr so schüchtern.«

Rot! Er steht auf ROT! Schreit es in mir, doch ich halte die Klappe. Soll sie selber drauf kommen. Langt schon, wenn ich ihr beim Aussuchen helfe.

»O.k.«, sage ich schließlich. »Das können wir machen. Gib mir einfach Bescheid, ja?«

Könnte ich, wie ich wollte, würde ich mir genau jetzt mit der flachen Hand gegen die Stirn klatschen. Tu ich natürlich nicht. Vielleicht vergisst sie es ja oder eine der anderen Mädels hilft ihr. Warum sie genau auf mich kommt, verstehe ich ohnehin nicht.

»Danke«, flüstert Emma, beugt sich wieder zu mir herüber und nimmt mich in die Arme.

Ich komme mir vor wie Judas.

»Klar, gern«, nuschle ich an ihrem Hals und löse mich langsam wieder von ihr. »Bitte sei mir nicht böse, aber ich muss jetzt wirklich nach Hause. Ist schon spät«, versuche ich mich, aus der Verantwortung zu stehlen.

Ich muss nachdenken. Ganz dringend. Und Schlafen. Noch dringender.

»Ja klar, Süße. Ich ruf dir ein Taxi, o.k.?«, ereifert sich Emma, erhebt sich aus dem Sessel und wenig später hält sie ihr Smartphone ans Ohr.

»Müsste gleich da sein«, ruft sie mir zu und ich erhebe mich auch.

»Danke, Emma. Ich warte draußen. Ein bisschen frische Luft schadet mir nicht.« Ich umarme noch einmal jeden, mit dem ich den heutigen Silvesterabend verbracht habe, verabschiede mich, mit dem Versprechen mich bald wieder mit ihnen zu treffen, ziehe meine Stiefel und meinen Mantel an und öffne die Haustür.
»Warte, ich leiste dir Gesellschaft«, ruft Alex mir zu und ich bleibe wie vom Donner gerührt stehen.
Emma hat es gehört und zwinkert mir zu. Na super.
»Ja, pass mal auf die kleine Anja auf, damit sie nicht gestohlen wird«, kichert sie und ist Sekunden später wieder in ein Gespräch mit Mia vertieft.
War ja klar. Ob Mia die Geschichte auch kennt? Ob sie ihr vielleicht mit Rat und Tat zur Seite stehen kann? Wäre mir wesentlich lieber, echt!
Eng an die Hauswand gepresst, im Schatten der Nacht, stehe ich hier und warte auf mein Taxi. Und Alex hat sich schützend vor mich gestellt, damit ich nicht friere. O.k., soweit kann man das Verhalten erklären. Ansatzweise. Jedoch seine Hand, die sich unter meinen Mantel geschoben hat und erneut auf Erkundungstour geht, eher weniger. Er lässt seine Finger unter den Saum meines Kleides gleiten und stutzt, als er bemerkt, dass ich keinen Slip trage. Dann huscht ein Lächeln über sein Gesicht, als er meine Beine leicht auseinander drückt und mit dem Daumen über meinen Venushügel streicht.
»Hat dir unser Quickie gefallen?«, raunt er dicht an meinem Ohr und ich nicke automatisch. Wieder dringt sein Geruch in meine Nase und die Schmetterlinge … richtig, … tanzen Samba. Was sollten sie auch sonst machen? Seinen Duft werde ich so schnell nicht vergessen, denn er ist mit dem aufregendsten Ereignis verbunden, das ich je hatte. Seine Finger liebkosen die mittlerweile wieder sehr feuchte Stelle zwischen meinen Beinen und ich stöhne auf.
»Du machst mich wahnsinnig«, nuschle ich in sein Ohr und würde ihn in diesem Moment am liebsten küssen. Doch es geht nicht. Das wäre eindeutig zu auffällig. Mein

Mantel verdeckt seine Hand, die zielsicher über meinen empfindlichsten Punkt streichelt.
»Ich glaube, das sollten wir wiederholen, kleine Anja. Du kamst ja nicht wirklich in den Genuss meiner Künste. Ich habe noch viel mehr auf Lager, glaub mir.«
Oh ja, und wie ich ihm glaube. Die böse Anja in mir jubiliert und seufzt zufrieden auf, als zwei seiner Finger noch etwas tiefer gehen.
»Ich weiß nicht, ob wir ...«, beginne ich schüchtern und senke meinen Blick.
Ein ganz kleines bisschen Anstand steckt wohl doch noch in mir – irgendwo neben seinen Fingern. Ich kann einfach nicht mehr klar denken, wenn etwas von ihm sich in mir befindet. Meine Brustwarzen sind so steif, dass sie an dem Stoff meines BHs scheuern. Unbewusst lasse ich meine Hüfte kreisen und sein Lächeln wird immer breiter. Was genau er mit mir anstellt, kann ich nicht sagen, doch die erlösende Welle bahnt sich erneut ihren Weg an die Oberfläche. Ich schließe die Augen und stöhne leise, als ich meinen Unterleib noch fester gegen seine Hand presse. Jetzt nur nicht aufhören! Und er hört nicht auf. Kurz bevor ich den Gipfel erreiche, drücken sich seine weichen, vollen Lippen auf meine und ich stöhne in seinem Mund. Mein Körper zittert leicht und meine Zunge windet sich in Ekstase. Mein Verstand setzt vollkommen aus. Oh ja! Ich will! Immer und immer wieder. Wo muss ich unterschreiben, um den Pakt mit dem Teufel zu besiegeln? Als meine inneren Zuckungen langsam verebben, öffne ich meine Augen wieder und blicke in seine. Darin kann ich das gleiche Feuer erkennen, das in mir wütet. Vorsichtig zieht er seine Hand aus meinem Schoss und schiebt mein Kleid zurück. Meine Knie sind weich, mein Herz rast und meine Atmung ist kaum unter Kontrolle zu bringen. Langsam, fast zärtlich, streicht er mit seiner Zunge über meinen Mund. Das Verlangen, ihn noch einmal ganz in mir zu spüren, ist so groß, dass ich mich an ihn drücke, meine Hände unter seinen Pulli schiebe und seine seidige,

warme Haut berühre. An meinem Bauch kann ich fühlen, dass auch er so weit wäre. Alle Vorsätze sind vergessen. Ich will ihn!
»Du bist wirklich unersättlich«, raunt er mir mit heiserer Stimme zu und ich kann nur nicken. Er ist wie eine Droge für mich, macht mich abhängig und ich will immer mehr und mehr! Jetzt sofort und …
Ein Hupen schreckt uns auf und wir fahren ertappt auseinander.
»Du machst mich wahnsinnig«, flüstert Alex dicht an meinem Ohr.
HA! Frag mich mal! Ich grinse ihn an.
»Dein Taxi wartet. Ich melde mich«, grinst er zurück, dreht sich um und verschwindet im Haus. Wie genau er die Beule in seiner Hose erklären will, weiß ich nicht.
Wenige Sekunden später sitze ich im warmen Taxi, habe die Augen geschlossen und kämpfe mit meinen wirren Gefühlen.

****

Wenn wir uns sehen
und in die Augen uns blicken,
dann hören wir laut
die Unendlichkeit ticken.

Die Momente gestohlen,
sie sind nur geraubt –
was wir beide erleben,
hätte keiner geglaubt.

Der Kampf der Giganten,
es verliert das Gewissen.
Die Sehnsucht ist groß,
dich immer zu küssen.

Die Leidenschaft siegt,
der Körper gewinnt.
Ist das jetzt der
Anfang, wo alles beginnt?

Und wenn deine Lippen
die meinen berühren,
kann ich in mir drin
deinen Herzschlag erspüren.

So heiß und gefährlich,
das feurige Spiel –
wo führt das nur hin?
Wo ist das Ziel?

Der Traum

Ich befinde mich irgendwo zwischen Traum und Realität. Ich weiß genau, dass ich träume, kann aber nicht erwachen – will ich auch gar nicht. Vor meinen geschlossenen Lidern entfaltet sich eine wundervolle Landschaft. Ich kann den Sand unter meinen Füßen fast spüren, denn ich befinde mich an einem kilometerlangen Strand. Vor mir liegt das weite, blaue Meer, hinter mir biegen sich Palmen im Wind und eine sanfte Brise streicht über meine Haut. Ein Lächeln huscht über mein Gesicht. Mein Unterbewusstsein weiß ganz genau, wovon ich träume. Urlaub am Meer. Ich nehme mir fest vor, ein paar Tage Wellness in einem Hotel auf einer Insel, oder zumindest am Meer, zu buchen. Doch jetzt bin ich hier und schaue mich um. Sind die Vögel dort am

Himmel Möwen oder Papageien? So genau kann ich das nicht erkennen, beschließe aber, dass es für diesen Traum unerheblich ist. Ganz egal, wo ich mich befinde, es ist wundervoll hier. Die Sonne steht bereits tief am Horizont und bald wird sie in einem leuchtenden Farbenspiel im Meer versinken. Noch immer lächelnd gehe ich ein paar Schritte auf das Wasser zu und kurz drauf umspült es meine nackten Füße. Ich bin vollkommen nackt, bemerke ich in diesem Moment und Schamgefühl macht sich in mir breit. Aber warum? Es ist doch ein Traum! Hier kann ich sein, was und wer ich will. Und mein Unterbewusstsein ist offensichtlich der Meinung, dass Klamotten stören würden. Irgendwie hat es ja recht. Ich fühle mich frei, ungezwungen und lebendig. Die Scham zieht sich in die hinterste Ecke meines Bewusstseins zurück und ich lache befreit auf. Schade, dass ich nur träume. Aber immerhin bin ich hier. Mal sehen, was mich erwartet. In diesem Moment bemerke ich etwas an meinem Fuß und blicke nach unten. Eine kleine Muschel gräbt sich durch den warmen, feuchten Sand und ich schaue ihr fasziniert zu. Schon ist sie wieder weg.

»Wundervoll hier.« Eine dunkle Stimme an meinem Ohr lässt mich zusammenfahren. Bin ich etwa nicht allein? Kurz versuche ich zu ertasten, ob sich neben mir, in meinem Bett, noch eine weitere Person befindet, aber da ist niemand. Also doch nur in meinem Traum. Langsam drehe ich mich herum und versuche, das Gesicht des Mannes wahrzunehmen, der mir so nahe ist. Leider sehe ich ihn nicht. Das heißt, ich kann ich spüren, fühlen, seine Wärme dicht an meiner Haut – doch ich kann ihn nicht identifizieren. Das Gesicht, die ganze Person, ist für mich nur als Schatten greifbar. Keine Details sind zu erkennen. Alex? Ist er das? Oder ein Engel? So ein Quatsch. Ich glaube nicht an Engel. Ja, die Situation ist romantisch, gebe ich zu, aber was sollte ein Engel hier?

»Wer bist du?«, frage ich einfachheitshalber und ein dunkel Lachen ertönt.

»Du weißt, wer ich bin«, ist die vage Antwort und ich stöhne auf.

»Nein, weiß ich nicht. Sonst würde ich nicht fragen. Muss ich nun schon in meinem eigenen Traum diskutieren?«, frage ich genervt und die Stimme lacht.

»Nein, musst du nicht. Lass dich einfach treiben. Es ist viel zu schön hier, um irgendetwas zu diskutieren, meine Schöne. Komm, ich zeige dir eine wunderbare Welt, die du so noch nie gesehen hast.«

Er ergreift meine Hand und zieht mich hinter sich her ins kristallklare Wasser. Er will mit mir tauchen? Aber ich kann das doch gar nicht. Noch bevor ich meine Bedenken äußern kann, befinden wir uns unter Wasser. Ich sehe kleine, bunte Fische an mir vorbeiziehen, betrachte ein Korallenriff und entdecke sogar in einiger Entfernung einen Delfin. Und ich kann atmen. Ja, es ist nur ein Traum – und es ist wundervoll. Verzaubert. In diesem Moment berührt mich etwas an der Hand und ich sehe einen kleinen Seestern, der es sich auf meinem Handrücken gemütlich gemacht hat. Fasziniert betrachte ich hin. Er hat sich an mir festgesaugt und es sieht so aus, als würde er genau dort bleiben wollen. Ich lache auf und der Mann neben mir, ergreift erneut meine Hand. Dann schwimmen wir gemeinsam ins tiefere Wasser. Noch immer befindet sich der Seestern auf mir. Alles um mich herum ist irgendwie blau, doch kann ich es nicht genau beschreiben. Die Sonne schickt ihre Strahlen bis zu uns und ich habe keine Angst. Was kann mir hier schon passieren?

Doch plötzlich ändert sich die Szene. Das eben noch ruhige, stille Wasser färbt sich dunkel. Der Mann, der noch immer meine Hand umklammert hält, zieht mich tiefer nach unten, bis mich vollkommene Schwärze umhüllt. Ich weiß nicht mehr, wo ich bin, was ich hier soll und wie ich hier wieder herauskomme. Ich will schreien, doch mein Hals ist wie zugeschnürt. Kein Laut dringt über meine Lippen. Und plötzlich fühle ich die Gegenwart von einem Mann und einer Frau. Ein

Pärchen? Ich weiß es nicht, aber ich habe Angst. Der andere Mann ergreift nun auch meine Hand und der Seestern lässt sich fallen. Das alles kann ich nur erfühlen, weiß es einfach. In dieser tiefen, kalten Schwärze der See zerren zwei Männer an meinen Armen. Und die Frau beginnt zu weinen. Ihr Schluchzen ist herzzerreißend und ich will meine Ohren verschließen. Was bedeutet das alles? Ich will hier raus! Schnell! Dann höre ich die Schreie eines Babys, die sich in das Chaos mischen. Mein Trommelfell ist kurz davor zu platzen und ich spüre körperliche Schmerzen überall. Ich will hier weg! Ich muss hier weg! Plötzlich erhellt sich die Dunkelheit ein wenig und ich kann ein leuchtendes Wesen entdecken, dass seine Fangarme nach mir ausstreckt. Eine Qualle? Und sie leuchtet? Ich habe mal gelesen, dass diese Tiere nur in den Tiefen der See beheimatet sind. Bin ich so weit unten? Was will sie? Ihre leuchtenden Tentakel berühren meine Arme und der Schmerz, der mich durchfährt, ist unerträglich. Der Alptraum wird immer schlimmer und ich schaffe es nicht, ihm zu entkommen. Plötzlich bekomme ich keine Luft mehr. Meine Lungen sind wie verklebt und ich kann nicht mehr atmen. Noch immer hallt das Brüllen in meinem Kopf, noch immer ziehen zwei Personen an mir und noch immer kann ich nur Schwärze erkennen. Und plötzlich zerreißt ein Blitz die Szene. Ich stehe wieder am Strand und es ist so, als wäre nichts geschehen. Meine Füße sind nass, werden von kleinen, sanften Wellen umspült, doch der Rest meines Körpers ist trocken. Ich kann wieder atmen und das Licht der untergehenden Sonne erleuchtet die friedliche See vor mir. Alles ist vorbei. Kein Mensch befindet sich mehr neben mir – weder einer der Männer noch die weinende Frau noch das Baby. Ich atme erleichtert auf und Tränen rinnen über meine Wangen. Die Vögel kreisen noch immer über meinen Köpfen und auf einmal spüre ich den Stoff meiner Bettdecke auf meinem Körper und das durchgeschwitzte Laken unter mir. Ich bin zurück! Endlich kann ich meine Augen öffnen und starre in die

Dunkelheit meines Zimmers. Mein Herz hämmert und ich bleibe noch eine Weile reglos liegen. Was zu Teufel war das? Was will mir dieser Traum sagen? Die Angst, die ich bisher verdrängt habe, schleicht sich in meine Eingeweide und mein Magen rebelliert. Das Laken unter mir ist schweißgetränkt und ich zittere am ganzen Körper. Langsam drehe ich mich auf die Seite und blicke auf die Uhr meines Smartphones. Kurz nach neunzehn Uhr. Aber warum …? Da fällt mir wieder ein, dass ich erst in den frühen Morgenstunden den Weg ins Bett gefunden und scheinbar den ersten Tag des Jahres komplett verschlafen habe. Na super. Vollkommen gerädert erhebe ich mich, schleiche ins Bad und lasse Wasser in die Badewanne laufen. Ein Schuss des teuren, sehr angenehm riechenden Lavendelöls gebe ich noch hinzu und stelle mir ein Glas Rotwein und eine Schale Kekse auf die Ablage. Auch mein Smartphone, aus dem leise, beruhigende Musik erklingt, habe ich dazugelegt. Denn genau das brauche ich jetzt - Wärme, Sicherheit und Normalität.

****

Gerade, als ich mit dem Kopf unter Wasser tauche, höre ich einen leisen Piepton, der mir bekannt vorkommt. Eine Nachricht ist eingegangen. Also tauche ich wieder auf, trockne meine Hände am Tuch ab und ergreife mein Fenster zur Welt. Alex. Ein Lächeln huscht über mein Gesicht und ich öffne den kleinen Brief, der mir angezeigt wird.
»Hallo meine Hübsche. Hoffe, du hast dich gut erholt von gestern. Es war wirklich wundervoll mit dir und bedarf einer Wiederholung. Emma ist morgen ab zwölf Uhr mittags unterwegs. Wir könnten uns bei mir treffen und die Ledercouch einweihen. Was hältst du davon? Liebe Grüße A.«
Ich seufze auf. Es geht also weiter. Er will es tatsächlich. Es war nicht nur ein One-Night-Stand! Noch bevor sich

das schlechte Gewissen, das mittlerweile mein ständiger Begleiter geworden ist, in meinen Gedanken breitmachen kann, dränge ich es zurück. Verdammt! Es ist mein Leben!
»Ja, gerne. Dann gegen kurz nach Mittag bei dir. Ich freue mich«, antworte ich knapp, lege mein Smartphone zurück und lasse mich wieder ins Wasser sinken.
Ein angenehmes Kribbeln durchfährt meinen Körper und ich atme den wohligen Lavendelduft tief ein. Und ich habe auch schon eine Idee, wie ich ihn überraschen kann. Ein Lächeln umspielt meine Lippen und die Welt erscheint in diesem Moment wirklich ein bisschen Pink.

Das Fitnessstudio

»Wow, du siehst aber gut aus heute. Hast du eine neue Hautcreme oder was ist geschehen?«
Simone steht neben mir in der Umkleidekabine des Fitnessstudios und betrachtet mich bewundernd. Wir kennen uns seit meinem ersten Tag in diesen heiligen Hallen und haben ungefähr den gleichen Rhythmus – drei Mal die Woche versuchen wir, unseren Körper zu formen. Mit mehr oder, in ihrem Fall, eher weniger großem Erfolg. Sie muss ein Kuchenstück nur anschauen, um ein Kilo mehr auf den Rippen verzeichnen zu können.
»Ich? Nö. Aber ich hatte einen klasse Silvesterabend. Vielleicht liegt es daran«, antworte ich ihr scheinheilig, denn ich weiß genau, worauf sie anspielt.
Sie kennt meine Wirkung auf die Männerwelt und weiß auch, dass ich bisher alle abgewiesen habe. Sie hingegen hätte gerne einen Liebhaber, jedoch scheren sich die sich hier tummelnden Männer, die altersmäßig in Frage kämen, nicht um sie. Irgendwie tut sie mir leid. Aber Simone ist auch alles andere als attraktiv mit ihren viel zu kleinen Brüsten, dem riesigen Hintern und den

schiefen Zähnen. Ich mag sie jedoch, denn sie hat ein großes und liebevolles Herz. Hier, in diesem Tempel der Schönheit und der Äußerlichkeit, zählt das allerdings nicht.
»Aha.« Aus ihrer knappen Antwort höre ich überdeutlich, dass sie mir nicht glaubt.
Ich habe allerdings keine Lust, ihr meine Situation zu erklären. Ich bin einfach nur glücklich und freue mich auf den Nachmittag. Bereits heute Morgen, als ich nach einer vollkommen traumlosen Nacht erwachte, war ich so aufgeregt, dass ich meine Sachen packte und hierher fuhr. Ich muss mein überschüssiges Adrenalin loswerden, bevor ich mich zu Alex begebe. Ich kann ihm schließlich nicht wie ein aufgedrehtes, batteriebetriebenes, rosa Häschen gegenübertreten. Allerdings ist die Freude in mir so groß, dass ich das dämliche Dauergrinsen nicht von meinen Wangen bekomme.
»Na, die Nacht muss ja wirklich klasse gewesen sein. Hast du einen neuen Lover, oder was ist los?«
Simone lässt nicht locker. So cool, wie es mir möglich ist, drehe ich mich zu ihr herum, zucke mit den Schultern und strahle sie weiter an. Dann mache ich eine Geste, als würde ich meinen Mund mit einem Schlüssel verschließen und ihn hinter mich werfen.
»Na, du wirst schon wissen, was los ist«, mault sie mich an, schließt ihren Spind und verlässt enttäuscht den Raum.
Noch immer grinsend folge ich ihr und wir begeben uns zu den Geräten. Simone ist ein Mensch, der einem nicht lange böse sein kann. Das habe ich bereits erleben dürfen. Ihr Herz ist so groß und weich wie ihr Hintern. Daher habe ich auch kein schlechtes Gewissen, wenn ich mein Geheimnis für mich behalte – es ist schließlich meines.
»Ja, weiß ich auch. Aber du musst nicht alles wissen«, zwinkere ich ihr zu und sie wirft mir ihr Handtuch entgegen.

»Dann halt nicht«, lacht sie nun doch und ich nicke. Eben.
»Hast du schon gesehen, dass wir einige Neulinge haben? Typisch. Immer noch den Feiertagen fallen sie hier ein wie die Fliegen, bleiben vielleicht zwei Wochen und verkrümeln sich dann wieder, weil es ihnen zu anstrengend ist.« Sie seufzt.
Ich weiß, dass es so ist, aber heute laufe ich irgendwie mit Scheuklappen durch die Gegend. Woran das nur liegen mag?
»Und? Hast du schon ein potentielles Opfer entdeckt?«, frage ich scheinheilig und wieder landet ihr Handtuch in meinem Gesicht.
»Du bist so doof. Als ob ich das nötig hätte«, lacht sie aus vollem Hals und ich stimme ein.
»Ach, was ... DU doch nicht!«
»Eben. Ich doch nicht. Wobei ... also ehrlich? Ja, den einen oder anderen Kandidaten habe ich schon entdeckt. Vielleicht überstehen sie ja die zwei Wochen und ich schaffe es, mit ihnen in Kontakt zu treten.« Ihr Blick wird glasig und sie nickt mit dem Kopf leicht in die Richtung eines Mannes, der ihr scheinbar gefällt.
Au weia. Der Typ ist bestimmt zwanzig Jahre älter als wir, am ganzen Körper tätowiert, trägt einen dicken Bauch vor sich her und hat eine Glatze.
»Nicht dein Ernst, oder?«, flüstere ich ihr zu und sie schaut mich erstaunt an.
»Warum denn nicht? Der hat mir vorhin jedenfalls schon ein Lächeln geschenkt.«
Na, wenn sie meint. Mein Fall wäre er nicht. Aber ich habe ja auch Alex ... Erneut schleicht sich ein Grinsen auf meine Lippen, als ich an den Mann, der mir die den Himmel auf Erden beschert hat, denken muss.
»Was hast du heute noch geplant?«, versucht sie das Thema zu wechseln, doch ich griene nur noch eine Spur breiter.

Gespielt genervt seufzt sie auf, holt ihr Handtuch zurück, legt es auf das Gerät, das ihre Bauchmuskeln trainieren soll, und lächelt zurück.
»Manchmal sagt ein Blick mehr als tausend Worte, meine Liebe. Na, Hauptsache du hast deinen Spaß. Steht dir jedenfalls gut, dein kleines Geheimnis.«
Ja, finde ich auch. Und genau das soll es auch bleiben – mein Geheimnis. Ich habe für mich beschlossen, alles auszukosten, was mir geboten wird. Ganz ohne schlechtes Gewissen, Hintergedanken oder schwarze Träume. Ich will leben, genießen und mich körperlich betätigen – und das nicht nur an den Maschinen. Jedoch genau diese warten jetzt auf ihren Einsatz.

Eine knappe Stunde später rinnt mir der Schweiß von der Stirn und ich stöhne wie eine Dampflokomotive. Ich merke schon, dass ich noch lange nicht die Kondition erreicht habe, die ich mir wünsche. Ich weiß ja nicht, wie es mit der körperlichen Fitness von Alex bestellt ist, aber wenn ich ihn mir so vorstelle, glaube ich, dass er in einer wesentlich besseren Verfassung ist als ich. Ich habe jedenfalls nicht vor, bei unseren gymnastischen Übungen kurzatmig zu werden, nur, weil ich nicht mit ihm mithalten kann. Allein bei dem Gedanken muss ich schon wieder schmunzeln. So kann man es natürlich auch sehen – wir trainieren nur unsere Muskeln. Von welchen genau war nie die Rede. Und trotzdem, es langt jetzt. Mein Adrenalin ist auf ein erträgliches Maß gesunken und ich habe zumindest in den letzten sechzig Minuten keinen Gedanken an Alex verschwendet – ein Fortschritt. Aber es wäre auch ziemlich dämlich beim Trainieren mit der Beinpresse.
»Bist du auch fertig?«, frage ich die neben mir japsende Simone und sie nickt.
»Fix und fertig. Aber ich hatte eine nette Aussicht. Hast du gesehen? Der Typ hat immer wieder zu uns geblickt und sogar einmal mit dem Kopf genickt. Ich find den süß.«

Aha. »Na, dann viel Erfolg«, stichle ich und sie boxt mir auf den Oberarm.
»Was denn?«, frage ich gespielt beleidigt und reibe mir die schmerzende Stelle.
»Ich brauche keinen Erfolg, Herzchen. Wenn, soll er sich bemühen. Ich bin schließlich altmodisch und will von einem Mann verführt werden. Also lasse ich ihn kommen.«
So, so. Seit wann denn das? Normalerweise ist sie doch die Erste, die ... na, egal.
»Komm, lass uns duschen gehen«, sagt Simone mitten in meine Gedanken, hakt sich bei mir unter und wirft den Kopf in den Nacken.
Lasziv streicht sie sich die Haare aus dem Gesicht – ob sie das wohl auch vor dem Spiegel geübt hat – und zieht mich mit sich. Die Blicke des Tätowierten kann ich förmlich in unserem Rücken spüren. Aha, daher weht der Wind. Gut, ich überlasse ihr die Bühne, obwohl ich im Moment lieber die nackte, verschwitze Haut von Alex gefühlt hätte – aber was nicht ist, kann ja noch werden.
Warm und beruhigend fließt das Wasser über meinen Körper und ich genieße es. Nachdem fertig bin und mich bereits in mein großes Handtuch gehüllt habe, um zur Umkleide zu gehen, hält mich Simone zurück.
»Kommst du noch mit in die Sauna? Alleine macht das keinen Spaß«, fordert sie mich auf und ich stimme ihr zu. Ich habe noch genug Zeit, wie ich mit einem Blick auf die Uhr feststelle. Und ein bisschen Entspannung der Muskeln, die ich nachher wieder trainieren werde, wird mir auch nicht schaden. Die Sonne scheint und es ungewöhnlich warm für einen zweiten Januar, trotzdem liebe ich die Wärme der Biosauna. Gemeinsam machen wir uns auf den Weg und sitzen wenige Augenblicke später stumm und schwitzend auf unseren Handtüchern.
»Fährst du diese Woche noch in den Urlaub?«, unterbricht Simone das Schweigen und ich schaue sie überrascht an.

Ja, stimmt. Da war ja noch was. Ich wollte doch ein paar Tage an die Ostsee in ein Wellnesshotel fahren.
»Jetzt, wo du es sagst ... Ja. Ich habe es mir zumindest überlegt. Vielleicht ans Meer. Mal sehen. Die Ostsee würde mich wieder mal reizen. Meine Schwester wohnt dort mit ihrem Mann und ihrem Sohn. Mal sehen, vielleicht kommt ein Treffen mit ihnen zustande. Und du?«, frage ich höflichkeitshalber, aber sie schüttelt den Kopf.
»Nein. Ich muss arbeiten. Schon die ganzen Wochen. Nur heute ist eine Ausnahme. Außerplanmäßig, sozusagen. Aber das ist ja auch gut, sonst hätten wir uns eine ganze Zeit lang nicht gesehen, Herzchen.«
Ich nicke. Ja, das wäre schade gewesen, denn irgendwie ist sie mir wirklich ans Herz gewachsen.
»Weißt du, die Kranken kennen keine Feiertage. Im Gegenteil. In der Klinik ist jetzt die Hölle los. Irgendwie passieren die meisten Unfälle wirklich in der Weihnachtszeit.« Wieder nicke ich. Genau in diesem Moment öffnet sich die Tür und der Tätowierte blickt sich suchend um. Als er Simone sieht, erhellt sich sein Gesicht.
»Darf ich? Oder störe ich die Damen?«, fragt er charmant und ich bin beeindruckt.
Sicher darf er. Ist ja eine gemischte Sauna.
»Klar, nur herein«, bitte ich ihn und erhebe mich von meinem Platz. »Ich muss eh weiter. Bis bald, Herzchen«, verabschiede ich mich von Simone, die nur noch stumm grinsend nicken kann.
»Viel Spaß«, zische ich ihr zu und weiche gerade noch rechtzeitig ihrer kleinen Faust aus, die sich bereits wieder auf den Weg zu meinem Oberarm begeben hat.
»Ja, danke, dir auch«, kontert sie daher nur lachend und ihre Augen leuchten.
»Danke, werde ich haben«, antworte ich beschwingt und verlasse die beiden.

Alex und die Ledercouch

Kurz nach zwölf Uhr sitze ich in meinem Auto und versuche meinen Herzschlag auf ein erträgliches Maß zu reduzieren. Die Schmetterlinge haben sich bereits wieder zu einer Party versammelt und ich zittere am ganzen Körper. Ob das nun an der Aufregung liegt, oder daran, dass ich nur meinen Mantel über meinen Dessous trage, kann ich nicht beurteilen. Mein Plan sieht es vor, dass ich einzig und allein in Unterwäsche vor Alex stehen werde, wenn ich meinen Wintermantel ausziehe. O.k. und in Stiefeln. Aber auch das kann hoch erotisch sein. Noch einmal werfe ich einen Blick in den Rückspiegel. Vorhin, in der Umkleide, habe ich nur ein dezentes Make-up aufgelegt und meine Haare ohne jegliches Haarspray naturbelassen. Da ich davon ausgehe, dass ich nach unserem Vergnügen ohnehin wie ein zerrupfter Vogel aussehe, ist es besser so. Zum wiederholten Mal atme ich tief durch, öffne die Tür und verlasse meine sichere Umgebung. Auf geht's.

»Anja! Was machst du denn hier? Ich kann … aber ich muss … na, komm erstmal rein.«
Meine Gesichtszüge entgleisen völlig, als ich vor Emma stehe, die mir die Tür geöffnet hat. Aber ich dachte … also sollte sie nicht … Scheiße. Ich versuche mir nicht allzu viel anmerken zu lassen und folge meiner Freundin ins Innere der Wohnung. Ich hätte wirklich vorher noch einmal nachfragen sollen, ob die Luft rein ist. Diesen Fehler werde ich bestimmt nie wieder machen, das schwöre ich mir in diesem Moment. Alex sitzt, mit seinem Laptop auf dem Schoss auf der Couch und grinst mir frech entgegen. Arsch! Der hätte doch wirklich was sagen können, mich warnen oder so.
»Magst du deinen Mantel ausziehen?«, fragt mich Emma und beginnt bereits an diesem herumzuzerren.

»Nein, lass mal. Ich bin nur gekommen, um ...«, fieberhaft suche ich nach einer Erklärung. Doch mir will einfach nichts einfallen. Mein Gehirn ist leer. So dunkel und schwarz wie das Meer aus meinem Traum vor ein paar Tagen. In diesem Moment erhebt sich Alex, greift meine Hand und führt mich auf das Ledersofa.
»Nun setzt dich erstmal. Du bist ja weiß wie die Wand. Frierst du? Na, dann lass deinen Mantel mal besser an. Ich mache dir eben einen Kaffee. Du siehst so aus, als könntest du ihn gebrauchen. Nen Schuss Rum dazu?«
Am liebsten hätte ich ihm in diesem Moment eine schallende Ohrfeige verpasst. Wie kann er nur so cool sein?
»Liebling, Anja ist nur gekommen, um die Dessertschale abzuholen. Aber ich glaube, die steht noch in der Spüle, richtig? Ich mache sie mal eben sauber. Und du ... bist du nicht schon spät dran?«
»Ja ... Um Himmelswillen. Ich muss dringend los. Na, du hast ja Gesellschaft, Anja. Es tut mir leid, aber ich treffe mich mit Mia. Wir wollen shoppen gehen. Weißt schon ...«, zwinkert sie mir zu und ich stöhne innerlich auf. Ganz großes Kino.
»Ja ... passt schon«. Ein dicker Kloß hängt mir im Hals und ich muss mich zuerst räuspern. »Ich bin eh gleich wieder weg. Hab auch noch einen Termin ...«, stottere ich weiter, doch Emma winkt ab.
»Lass nur. Alex ist ja da. Trink du erstmal deinen Kaffee und wärm dich auf. Wir telefonieren einfach, o.k.? Tut mir leid«.
Mit diesen Worten schnappt sich Emma ihren Mantel und wenige Sekunden später kann ich hören, wie ihr Auto die Straße hinunter fährt. Das war knapp.
Alex kommt mit einem breiten Grinsen und einer Tasse Kaffee aus der Küche und baut sich vor mir auf.
»Na, willst du erst einen Kaffee trinken oder ist dir jetzt warm genug?« Sein Blick scheint mich zu durchbohren und er weiß genau, warum ich meinen Mantel noch trage. Doch bevor hier irgendetwas läuft, habe ich noch

eine Rechnung mit ihm offen. Wütend springe ich auf, stemme meine Hände in die Hüften und blicke ihn herausfordernd an.
»Du bist mir ja ein Held. Das hätte auch schief gehen können, ist dir das klar? Legst du es drauf an? Bist du so pervers veranlagt? Was ist denn, wenn ...« Weiter komme ich nicht, denn er hat sich ganz dicht vor mir aufgebaut, nimmt mein Gesicht in beide Hände und küsst mich.
Meine Wut verpufft im Augenblick der Berührung wie eine Wattewolke bei Sonneneinstrahlung.
»Weißt du eigentlich, wie sexy du bist, wenn du dich aufregst?« Seine dunkle Stimme dringt an mein Ohr, als seine Lippen über meinen Hals wandern.
Ach ja? Wie soll ich diesem Kerl nur böse sein? In diesem Moment übernimmt mein Körper alle Funktionen und mein Gehirn macht Pause. Die Schmetterlinge flattern, das Pochen in meinen südlichen Regionen nimmt zu und ein kalter Schauer läuft mir über den Rücken. Gekonnt öffnet er den Gürtel meines Mantels und zieht den Reißverschluss herunter.
»Wow! Das sind aber heiße Teile«, bemerkt er beeindruckt, als ich nur noch in Dessous und Lederstiefeln vor ihm stehe. Ja, ich bin gerade ein wenig stolz auf mich. Flo hätte nie ... Doch noch bevor ich den Gedanken, der sich vorwitzigerweise in mein Gehirn geschlichen hat, zu Ende führen kann, schiebt er mich zum Ledersofa.
»Du hast aber eindeutig noch zu viel an«, melde ich meine Bedürfnisse an und er grinst breit. »Das muss ich ändern.« Genauso flink wie er vorhin bei mir, öffne ich sein Hemd, den Gürtel und den Reißverschluss seiner Hose und schiebe sie hinunter. Entblößt steht er vor mir und strahlt über das ganze Gesicht. Jeder andere hätte in diesem Moment wie ein Depp gewirkt – aber nicht Alex. Ich lasse mich auf die Couch fallen. Natürlich ahnt er, was ich vorhabe. Das Sofa hat exakt die richtige Höhe, um ihn mit dem Mund zu verwöhnen. Ich will das in diesem Moment genau so sehr wie er. Es ist zwar schon

eine ganze Weile her, dass ich es getan habe, aber in dieser Situation scheint es mir das Richtige. Das ist wie Fahrradfahren – das verlernt Frau nicht. Sein mit Blut gefüllter Phallus reckt sich mir erwartungsvoll entgegen und ich schließe vorsichtig meine Lippen darum. Die warme Feuchtigkeit meiner Mundhöhle scheint ihn zu erregen, denn er stöhnt genießerisch. Immer tiefer dringt er in mich ein, bis ich ihn komplett umschließe. Kein störendes Härchen reckt sich mir entgegen und er füllt meinen Mund komplett aus. Meine Zunge erkundet seine Männlichkeit in ganzer Pracht und ich ziehe mich langsam wieder zurück.
»Willst du mich quälen?«, nuschelt er und ich schaue ihn von unten herauf an.
Ja, will ich. Diese Haltung einer Frau wirkt zwar sehr devot, doch hat sie in diesem Moment auch die Kontrolle über das Spiel. Mein Lächeln, das mir in diesem Moment, in dem ich ihn noch immer in mir führe, trotzdem relativ leicht fällt, registriert er nur am Rande. Seine Augen haben sich bereits wieder geschlossen und seine Hände beginnen, meine Haare zu streicheln. Also ziehe ich mich noch ein Stück zurück, nehme meine Zähne zur Hilfe und beginne zu saugen, zu knabbern und sanft zu beißen. Meine Zunge umspielt die prall gefüllte Spitze, die feucht im Schein des Lichtes glitzert, wandert weiter hinunter und wenig später erreichen meine Lippen seinen Schambereich erneut. Ich lasse meine Hände über seine Haut, bis hin zu den Pobacken wandern, und drücke ihn fester an mich. Erneut stöhnt er auf und versinkt ein weiteres Mal in mir. Mittlerweile hat er seine Finger in meine Haare gekrallt und versucht mich zu führen – doch es ist mein Spiel. Das bestimme ich. Erst langsam und genüsslich, dann immer schneller bewege ich meinen Kopf auf und ab. Eine Hand habe ich noch immer auf seinem Hintern, der in freudiger Erwartung angespannt ist und mit der anderen umfasse ich seinen steifen Freund. Ich erhöhe das Tempo weiter und meine Lippen sind eng um ihn geschlossen.

»Gleich ... ich ... komme ...«, japst er und krallt sich noch fester in meine Haare. Na, dann mach doch. Ich höre nicht auf, bevor er sich zuckend in mich ergießt. Dann öffne ich meine Lippen und lasse etwas von der weißen Flüssigkeit über meine Lippen fließen.
»Du Miststück«, keucht er zufrieden und legt selber noch einmal Hand an seinem besten Stück an, das bisher nichts von seiner Standfestigkeit verloren hat.
Ich strecke ihm meine Zunge entgegen. Nach einigen Augenblicken ergießt er sich erneut und spritzt auf meine Zunge, meinen Hals und mein Dekolleté. Dieser Anblick lässt ihn noch einmal aufstöhnen. Seine Beine zittern und er lässt sich neben mir auf der Couch nieder. Mit einem triumphierenden Lächeln wische ich mir mit dem Handrücken über den Mund, aus dem mein Speichel vermischt mit seinem Erguss fließt.
»Jetzt könnte ich einen Schluck Kaffee vertragen«, bemerke ich noch immer grinsend, lasse mich in das weiche Leder zurücksinken und greife nach der Tasse mit dem mittlerweile lauwarm gewordenen Inhalt.
»Das verlangt nach Rache«, lacht Alex und seine Augen funkeln mich gierig an.
Oh oh, da habe ich mir was eingebrockt. Doch ich weiß genau, was er vorhat und freue mich darauf. Während er sich komplett von seiner Kleidung befreit, betrachte ich den Mann genauer, der mir nun beweisen möchte, dass er nicht nur Sex mit mir will, sondern auch eine Frau nach allen Regeln der Kunst in den siebten Himmel lecken kann. Er ist komplett rasiert. Kein einziges Härchen wächst auf seinem Körper. Außer auf seinem Kopf und die Haare dort stehen ihm nach unserem Quickie wild zu Berge. Meine Gedanken machen einen kleinen Abstecher in die Vergangenheit und ich ziehe mal wieder den Vergleich mit Florian, dem einzigen Mann, der mich bisher berühren durfte. Was habe ich nur an ihm gefunden? Warum habe ich nicht schon viel früher begonnen, meinem Körper diese Lust zu schenken? Ich freue mich in diesem Moment wie ein kleines Kind auf

Weihnachten. Vollkommen entspannt lümmle ich seitwärts auf der Couch, meinen Kopf auf eine Hand gestützt. Meiner Stiefel habe ich mich mittlerweile entledigt. Die Schmetterlinge, die noch immer nicht genug von ihrem wilden Flug durch meinen Bauch haben, verschaffen mir ein Prickeln, das sich durch meinen Körper zieht. Mein Slip ist bereits so feucht, dass ich mir wünsche, er würde mich sofort nehmen. Doch ich weiß genau, dass exakt der Verzicht, seine Rache für mich ist.

»Na, dann pack ich dich mal aus und schau, was das Christkind mir gebracht hat«, raunt er mir zu, kniet sich über mich und beginnt, mich überall zu küssen – wirklich überall. Ich kann das weiche, warme Leder unter mir und seine Hände auf mir spüren. Genüsslich schließe ich die Augen und lasse mich fallen. Seine Lippen wandern über meinen Hals, das Schlüsselbein und verharren bei meinen steifen Brustwarzen.

»Du willst mich auch leiden lassen?«, hauche ich ergeben und sein Schweigen ist mir Antwort genug.

Er liebkost weiterhin jeden Zentimeter meiner Haut mit seiner Zunge und bahnt sich seinen Weg über meinen Bauch bis zum Bauchnabel. Dort verharrt er einen Augenblick, hebt seinen Kopf und betrachtet mich. Das Kribbeln auf, beziehungsweise unter meiner Haut, ist kaum mehr zu ertragen.

»Du bist so schön«, flüstert er und ich seufze erneut. Er lässt sich viel Zeit und schaut mich immer wieder genießerisch an. Das ist genau das, was ich jetzt brauche. Leidenschaft fließt durch meine Adern und ich will ihn in mir spüren. Doch noch ist es nicht so weit.

»Ich will dich kosten, deinen Saft trinken und dich riechen«, flüstert er und ich kann wieder nur stöhnen. Dann tu es endlich, hämmert es in meinem Kopf und als hätte er mein Flehen gehört, beginnt er mit seiner Zunge meine feuchte Mitte zu erkunden. Bunte Farben drehen sich vor meinem inneren Auge, fließen ineinander und lösen sich wieder auf. Ich spüre, fühle und horche in mich hinein. Das Gefühl ist so wundervoll, dass ich mehr will. Viel mehr. Seine Finger versinken in mir und ich keuche lustvoll. Der Ton dringt aus meiner Kehle, bevor ich ihn zurückhalten kann. Ich stöhne nicht … ich stöhne … nie … ich … oh ja! Das Spiel seiner Zunge, gepaart mit seinen Fingern, wird immer wilder und ich passe unwillkürlich die Bewegung meiner Hüfte an. Zum bewussten Denken bin ich nicht mehr fähig. Einzig die Leidenschaft, die in mir brodelt, bahnt sich wellenförmig einen Weg an die Oberfläche. Meine Hände habe ich in ein Kissen gekrallt und meine Augen noch immer geschlossen. Als ich explodiere, sehe ich weiße Lichter vor meinem inneren Auge. Das habe ich so noch nie erlebt. Jeglicher Gedanke an die Vergangenheit oder Zukunft ist wie weggewischt und ich befinde mich einzig und allein im Hier und Jetzt. Der Schrei, der über meine Lippen kommt, entsteht tief in meinem Inneren und ich erkenne mich selbst nicht mehr. Die Leidenschaft ist zu neuem Leben erwacht und ich brauche sie, wie ein Süchtiger seine Drogen. Ich biege mich seinem Mund entgegen und drücke meine Schenkel fest um seinen Körper. Dieser kurze Moment erscheint mir wie eine Ewigkeit.

Erschöpft lasse ich mich nach einigen langen Sekunden wieder zurückfallen und japse noch immer wie ein Fisch auf dem Trockenen. Als ich mühevoll meine Augen öffne, sehe ich sein Grinsen. Stolz spiegelt sich in seinen Augen, seine Lippen glänzen vor Nässe und ich lächle befriedigt zurück.

»Ich denke, ich brauche jetzt auch einen Kaffee«, kichert er und ich stimme mit ein.

Das glaube ich gern.

Alex rappelt sich hoch, streckt seinen Rücken durch und geht nackt – was für ein geiler Arsch – in die Küche.

»Brauchst du auch etwas?«, ruft er mir zu und ich verneine. Ich bin gerade wunschlos glücklich. Das Zucken in meiner Körpermitte lässt langsam nach und Entspannung macht sich breit. Meine Dessous liegen auf

dem Boden, doch das warme, weiche Leder schmiegt sich eng an mich. Die Gänsehaut, die mich nun überzieht, stammt nicht von der Kälte. Ich will das noch mal!
Als ich meinen Blick kurze Zeit später durch den Raum schweifen lasse, bemerke ich, dass ein Feuer im Kamin brennt. Warum habe ich das bisher noch nicht gesehen? Es scheint, als hätte sich meine Wirklichkeit ein Stück verschoben und der rosaroten Traumwelt Platz gemacht. Nichts und niemand kann mich in diesem Moment aus der Fassung bringen. Ich erfahre gerade den Zustand vollkommener Entspannung. So etwas ist mir echt noch nie passiert. Nicht mal bei … wie hieß der Idiot, der mich sitzen ließ, gleich nochmal? Es ist mir gerade so egal, dass ich nicht mehr als eine Sekunde an ihn verschwende.
»Kommst du?« Alex' Stimme durchdringt meine Gedanken.
»Schon wieder«, kichere ich und sehe ihn mit zwei Gläsern Rotwein in der Hand vor dem Kamin stehen.
»Wenn du schon wieder kannst? Also ich könnte«, scherzt er und wedelt mit seiner aufgerichteten Männlichkeit.
Das sieht so lustig aus, dass ich lachen muss. Wie ein freudig erregter Hund. Na ja, eine gewisse Ähnlichkeit ist nicht zu verleugnen.
Wenig später liege ich dicht neben ihm auf dem Bauch nahe dem Kamin. Der weiche Teppich unter uns kitzelt mich und meine Leidenschaft kehrt zurück.
»Cheers, meine Liebe«, sagt Alex und erhebt sein Glas. Wir stoßen an, blicken uns in die Augen und der Moment ist einfach nur perfekt. Doch wie alles im Leben, ist auch dieser Moment nicht für die Ewigkeit bestimmt.
»Warum machst du das eigentlich alles?« Die Frage schießt über meine Lippen, noch bevor ich sie aufhalten kann.
Ich weiß, dass ich damit den Augenblick zerstöre, und seufze frustriert auf. Wie kann man nur so dämlich sein?! Doch Alex sieht das offenbar anders. Er dreht sich auf die

Seite, sein Weinglas in der einen Hand, den Kopf auf die andere aufgestützt und lächelt mich an.

»Was genau meinst du? Das hier? Weil ich dich scharf finde. Schlicht und ergreifend.«

»Aber hast du denn kein schlechtes Gewissen?« Ich lege mich parallel zu ihm und schaue ihm in die Augen. Ich muss einfach wissen, was er denkt.

»Na ja. Nicht richtig. Weißt du, ich liebe Emma wirklich. Aus tiefster Seele und von ganzem Herzen. Sie ist meine Traumfrau. Ihr Wesen ist perfekt, ihr Herz so groß, dass ein komplettes Bergwerk hineinpassen würde und sie liebt mich – nicht mein Geld und auch nicht meinen Körper. Aber genau hier beginnt mein Problem. Sie ist so prüde und ich bin eben auch nur ein Mann. Und Sex gibt es bei ihr nur im dunklen Kämmerchen und anschauen darf ich sie erst recht nicht. Da fehlt mir einfach was. Du dagegen bist so unkompliziert und willst das Gleiche wie ich. Seelenverwandtschaft würde ich es nennen, obwohl das total kitschig klingt. Das zwischen uns liegt auf einer anderen Ebene.«

Seelenverwandtschaft – aha. Und das von Alex? Ich kann ja mit diesem ganzen esoterischen Kram nichts anfangen. Das hat er bestimmt von Emma. Die steht auf sowas. Aber bitte, wenn er meint ...

»So? Und welche Ebene wäre das?«

»Simpler, geiler, hemmungsloser, unverbindlicher Sex mit dem besten Liebhaber aller Zeiten.«

Ich muss über seine Wortwahl lachen. »Ja, das stimmt. Auch wenn ich es etwas weniger dramatisch ausgedrückt hätte.«

Kurz herrscht Schweigen zwischen uns und jeder hängt seinen Gedanken nach. Dann fährt er fort.

»Weißt du, ich habe Emma schon immer geliebt. Sie ist mein Augenstern. Mit ihr kann ich über alles – na ja, über fast alles – reden. Mit ihr kann ich lachen, weinen, diskutieren, schweigen und noch so vieles mehr. Nur eben das eine nicht. Aber das kann ich mir ja bei dir holen, stimmt's?«

Ich nicke mechanisch. So sieht er das also? Na gut. Dann wäre das auch geklärt.
»Und wenn du mal einen anderen Typen hast, dann ist das auch o.k. Wir wissen nicht, wie lange das hier geht. Vielleicht für immer, vielleicht auch nur noch kurze Zeit. Aber das ist ja das Spannende. Das ist das Leben. Ich liebe das Leben und will es in allen Facetten auskosten. Verstehst du das?«
Ich schweige. Verstehe ich das? Ja, wahrscheinlich. Ich will es ja schließlich auch. Ich habe keine Lust auf eine einengende, komplizierte Beziehung, bei der man Rechenschaft über jeden seiner Schritte abzulegen hat. Ich bin jung, will leben, lieben und alles erfahren, was das Leben so an Überraschungen für mich bereithält. Irgendwann, wenn es an der Zeit ist, will ich auch eine Familie. Einen Mann, der mich – und nur mich – liebt, der mich auf Händen trägt und mir meine Wünsche von den Augen abliest. O.k., das ist vielleicht ein wenig naiv, aber so ähnlich stelle ich mir das vor. Und ich weiß, dass es das gibt. Meine Eltern leben diesen Traum schon seit Jahrzehnten und auch meine Schwester ist glücklich in ihrer Ehe. Genau das sage ich auch Alex und lächelt mir zu.
»Na, dann ist ja alles klar zwischen uns. Keine Beziehung, keine Liebe. Freundschaft Plus, oder wie man das neumodisch nennt. Habe ich neulich mal in irgendeiner Frauenzeitung gelesen.«
»Du liest Frauenmagazine?« Ungläubig starre ich ihn an.
»Klar, warum denn nicht? Wenn Emma diese Blätter schon hier liegen hat … Irgendwie muss Mann ja die Psyche des weiblichen Geschlechts durchschauen.«
»Das schafft ihr nie!«, grinse ich ihn an und er stellt langsam das Glas zur Seite.
»Du bist ganz schön frech, junge Dame. Ich glaube, ich sollte dich übers Knie legen«. Sein Tonfall ist auf einmal wieder tief und erotisch.
Kalte Schauer laufen über meinen Rücken und ich ziehe mich langsam zurück. Dann springe ich auf, renne auf

den Küchentisch zu und rufe ihm lachend zu: »Wenn du mich schnappst ...«
»Na warte, du Luder«, antwortet Alex, erhebt sich ebenfalls und steuert auf den Küchentisch zu. Wo noch vor ein paar Tagen Essensplatten standen, liegen jetzt nur seine Autoschlüssel, ein Notizbuch und ein paar Zeitungen. Eine Vase mit frischen, bunten Blumen, die ihren betörenden Duft verströmen, ziert die Mitte des Tisches. Die hat bestimmt Emma gekauft. Sie liebt es, ihr Nest mit Kleinigkeiten wohnlich zu gestalten. Alex hat dafür nur wenig Sinn. Ebenso wie ich.
Nachdem er mich zwei Runden um den Tisch gejagt hat, lass ich mich lachend auf der Tischplatte fallen und spreize auffordernd meine Beine.
»Dann komm und bestraf mich«, raune ich ihm zu und er lässt sich nicht zweimal bitten.
»So so. Bestrafung nennst du das, wenn ich dich in die höchsten Gefilde der Lust entführe?«
»Ja, wenn du mich wieder so lange warten lässt, bevor ...« Ein Kuss verschließt meinen Mund und ich stöhne auf. Genau darauf habe ich gewartet. Mein schlechtes Gewissen, das ich bis vorhin hatte, habe ich in die hinterste, dunkelste Ecke meines Bewusstseins verschoben und beschließe, nur noch zu genießen. Es ist nur Sex. Nicht mehr – aber auch nicht weniger. Und ich liebe es.

Wellnesshotel

»Hallo. Mein Name ist Anja Leger und ich habe ein Zimmer für zwei Nächte reserviert.« Ich stehe mit meinem Koffer in der Hand an der Rezeption des schicken, mondänen Hotels an der Ostsee. Normalerweise so gar nicht meine Preisliga, doch ich hatte noch den Gutschein für eine Reise von meinen Eltern, der unter dem Weihnachtsbaum lag. Also habe ich

heute Morgen gebucht, meine Sachen gepackt und warte nun auf die Keycard, um mein Zimmer zu beziehen. Die freundliche Dame hinter dem Tresen lächelt mir unverbindlich zu und ich nehme, nachdem ich all meine Formalitäten erklärt habe, diese in Empfang.
»Wunderschönen Aufenthalt bei uns«, wünscht sie mir und ich nicke genau so unverbindlich zurück. Hier ist es aber auch bezaubernd. Ich durchquere staunend die große, mit Marmor und roten Teppichen bestückte Eingangshalle, fahre mit dem verglasten Aufzug in den zweiten Stock und stehe wenig später in meinem Zimmer. Der Ausblick aufs Meer ist fantastisch und das Bett scheint mir weich und bequem zu sein. Im Badezimmer, das ich sogleich inspiziere, steht eine Dusche mit großem Duschkopf und flauschig weiche Handtücher liegen bereit. Sogar eine kleine Flasche Prosecco befindet sich, nebst zwei Gläsern, auf dem Designertischchen gegenüber der Couch. O.k., sie ist nicht aus Leder, wirkt aber dennoch sehr gemütlich. Hier kann ich mein Buch lesen, das ich mitgenommen habe. Ich freue mich schon drauf. Es handelt von einer jungen Frau, die in mehreren Dates ihren Ex vergessen will. Na, das passt doch. Ich habe zwar nur Sex – o.k., was heißt da nur? Es ist der beste Sex meines Lebens! – aber meinen Ex will ich auch vergessen. Meine Gedanken fliegen über den großen Teich und ich frage mich, was Flo wohl gerade macht. Wie spät ist es jetzt eigentlich in Boston? Rosa hat gesagt, dass er wieder nach Deutschland kommt. Aber wann hat sie vergessen, mir mitzuteilen. Vielleicht, weil ich es an diesem Abend nicht hören wollte. Ist ja im Grunde genommen auch egal. Ich will ihn ohnehin niemals wiedersehen. »Alte Gerichte wärmt man nicht mehr auf«, hat schon meine Oma immer gesagt. Bei diesem Gedanken muss ich schmunzeln. Flo ist kein Gericht. Er ist ... ja, was eigentlich? Vorrangig mein Ex! Also schiebe ich die Illusion an ein Wiedersehen zur Seite, hänge meine mitgebrachten Kleider in den Schrank und springe unter die Dusche. Mir ist kalt. Das

Wetter ist zwar zauberhaft heute Nachmittag, dennoch betragen die Temperaturen nur wenige Grad über null. Eindeutig zu kalt für mich. Ich habe mir sogar eine dicke, warme Hose eingepackt, die ich am Strand tragen will. Ein Novum für mich, da ich seit knapp zwei Jahren nur noch Kleider und Röcke trage. Warum das so ist, weiß ich selber nicht. Irgendwann habe ich es so beschlossen und konsequent umgesetzt. Möglicherweise geben sie mir ein Gefühl von Freiheit und engen mich nicht ein, wie Hosen es tun.
Nachdem ich mich geduscht, abgetrocknet und meine Haare geföhnt habe, ziehe ich mir die wärmsten Sachen an, die ich finden kann – ein dicker Pulli, meine Hose und eine wetterfeste Jacke – und verlasse das Hotel. Ich will zum Strand. Noch heute Morgen stürmte es hier, habe ich im Radio gehört, und nun wandern weiße, längliche Wolken über den blauen Himmel, als wäre nie etwas gewesen. Der lange, gelbe Sandstrand, der sich vor dem Hotel erstreckt, ist nur mit wenigen Steinen und Muscheln durchsetzt. Wie gerne hätte ich jetzt meine Füße im Sand vergraben. Doch daran ist nicht zu denken. Ich ziehe meine Mütze fester über die Ohren, binde meinen Schal enger um den Hals und neige den Kopf ein wenig. Noch immer ist es windig. Ganz dicht an der Wasserkante setze ich einen Fuß vor den anderen und merke bei jedem Schritt, wie meine Gedanken zerfließen wie Schnee in der Sonne. Der kühle Wind weht mir um die Nase, doch ich sauge den Geruch des Meeres tief in mich auf. Ich weiß, dass ich heute Nacht gut schlafen werde. Seeluft macht müde. Auch das hat meine Oma früher schon gesagt. Leider habe ich nicht viele Jahre mit ihr verbringen können, doch ich glaube, dass sie irgendwo auf einer Wolke sitzt und mir zuschaut. Na ja, jedenfalls ist das ein schöner Gedanke und ich muss lächeln. Über mir ziehen ein paar Möwen dahin und ich bleibe stehen. Das Bild erinnert mich an meinen Traum vor einigen Nächten. Nur, dass ich nicht nackt bin. Allerdings habe ich keine Angst und ein Mann, der sich

von hinten an mich heranschleicht, ist auch nirgendwo zu sehen. Ich bin ziemlich alleine hier draußen. Nur in der Ferne kann ich ein paar Gestalten erkennen, die mindestens ebenso eingepackt sind wie ich. Warum fahre ich nicht öfter an die Ostsee, frage ich mich in diesem Augenblick. So weit ist sie nun wirklich nicht entfernt. Knappe drei Stunden war ich mit dem Auto unterwegs und habe zwischendurch sogar Pausen gemacht. Wieder einmal nehme ich mir etwas vor und schreibe es mir auf meine imaginäre ‚Das-musst-du-auch-noch-machen'- beziehungsweise ‚Das-musst-du-öfter-machen'-Liste.
Da steht schon einiges drauf. Manche Dinge verschiebe ich immer weiter nach hinten, als hätte ich noch ein zweites Leben im Gepäck. Doch das habe ich nicht. Das hat niemand. Und trotzdem leben die meisten Menschen, als wäre es so. Viel zu selten sagen wir unseren Liebsten, wie gern wie sie haben und wie froh wir sind, wenn sie sich in unserer Nähe aufhalten. Viel zu oft sind wir zu stur oder zu egoistisch, um Freunden eine zweite Chance zu geben oder um Verzeihung zu bitten. All diese Ideen, die ich so nicht kenne, kreisen in diesem Moment wie bunte Seifenblasen durch meinen Kopf. Dabei ist es wirklich eine Farce. Was mach ich denn? Ich verschaukle meine Freundin nach Strich und Faden. Sie ist verlobt, vertraut ihrem Mann, liebt ihn – und er sie, wie er beteuert – und trotzdem springe ich mit ihm ins Bett. Ist das nicht falsch? Es fühlt sich an wie Doppelmoral. Allerdings will er es ja auch. Er hat mir vor nicht allzu langer Zeit erklärt, dass es für ihn nur körperlich ist und nichts mit der Liebe zu seiner Frau zu tun hat. Aber kann man das wirklich trennen? Kann ich das trennen? Könnte SIE es trennen, wenn sie es erfahren würde? Und da ist es wieder, das schlechte Gewissen, das irgendwo tief in meinen Eingeweiden sitzt und sich langsam durch eben jene frisst.
In der Zwischenzeit bin ich an einer Seebrücke angekommen und sehe am hinteren Ende ein paar Menschen stehen. Ich will auch dort hin. Ich will auch

mitten im Meer stehen und die Wellen beobachten, wie sie an die Pfosten schlagen. Also betrete ich die hölzerne Brücke und gehe langsam, Schritt für Schritt, nach vorne. Der Wind hat wieder aufgefrischt und zerrt an meinem Schal und meiner Kleidung, doch ich habe ein Ziel vor Augen. Die Hose, die ich mir extra für diesen Aufenthalt besorgt habe, hält, was die Verkäuferin versprochen hat. Sie ist wahrlich nicht schick, aber dafür warm. Und in diesem Moment ist mir das eindeutig wichtiger.

Nach ein paar Minuten erreiche ich das Ende und lehne mich an die Brüstung. Hier ist es noch viel windiger als an Land. An der unteren Hälfte des hölzernen Gestells kann ich sogar Eiszapfen erkennen. Die Gischt wurde bis hierher hochgetragen und von der Kälte gebannt. Ein wundervoller Anblick, der mich staunen lässt. So etwas habe ich noch nie gesehen. Es ist wie in einem Eispalast. Fehlt nur noch der Prinz, der seine Prinzessin befreit. Ein Schmunzeln huscht über meine Wangen, die fast taub sind und erwärmt mein Herz. Am Horizont taucht die glühende Scheibe, die die Erde heute nicht wirklich erwärmen konnte, im Meer unter. Das Farbenspiel ist beeindruckend und ich lasse mich von dem bunten Augenblick verzaubern. Hier ist es, wie in einer anderen Welt. Hier gibt es kein richtig oder falsch. Hier zählen nur die Seele, das Herz und der Moment. Ich sauge alles tief in mich auf.

Mal die Welt in deinen Farben -
farbig, bunt und wunderschön.
Denn ich will dir einfach sagen,
sie sind überall zu sehen.

Rot und Grün und Gelb und Blau -
schau doch mal genauer hin.
Nicht alles ist nur trübes Grau -
die Farben haben einen Sinn.

Das Meer in seiner Farbenpracht –
hast du jemals schon erlebt?
Der helle Mond in dunkler Nacht
wenn ein Stern zur Erde schwebt.

Alles das und noch viel mehr –
macht die Erde bunt und toll.
Ich liebe diese Farben sehr,
die Welt ist wirklich wundervoll!

Einige Zeit später sitze ich auf meinem Bett in meinem Zimmer und schreibe jene Worte auf ein Stück Papier. Dann lege ich es in das Buch von Fräulein Jacky D., das ich heute Abend noch lesen werde, und das auf meinem Nachttisch wartet und lächle zufrieden. Alle Gedanken, die mich belasten, habe ich über die Brüstung ins Meer geworfen und hoffe nun, dass sie den Weg an den Strand nicht mehr finden. Ich will doch nur glücklich sein. Und wenn ich in Alex' Armen liege und er mich betrachtet, als wäre ich das Schönste, was er jemals gesehen hat, dann bin ich das. Auch, wenn ich weiß, dass diese Momente nur gestohlenes Glück sind und ich sie nicht für immer halten kann. Jetzt ist es gut, so wie es ist.
Entschlossen stehe ich auf, ziehe mich um und wenig später befinde ich mich auf dem Weg zum Abendessen. Mal sehen, was ich mir heute schmecken lassen werde. Bestimmt gibt es Fisch in vielen Varianten.

****

»Guten Abend Frau Leger. Ich habe Ihnen einen Platz im hinteren Bereich reserviert. Wenn Sie mir bitte folgen würden«. Die geschäftig wirkende Dame im schwarz-weißen Kostüm empfängt mich lächelnd und geleitet mich zu meinem Platz. Es ist ein Einzeltisch, der, wie ich mit Freude feststelle, am Fenster steht und einen wundervollen Blick auf die Promenade und das dahinterliegende Meer zulässt. Zwar ist vom Meer um diese Uhrzeit nicht mehr als ein schwarzer Umriss zu erkennen – dennoch weiß ich, dass es da ist.

»Vielen Dank«, lächle ich die Dame an, als sie mir den Stuhl zurückschiebt, damit ich mich Platz nehmen kann und sie reicht mir die Speisekarte.

»Haben Sie schon einen Wunsch? Darf ich Ihnen als Aperitif ...«

»Nein danke. Ich schaue mir erst einmal die Karte an«, unterbreche ich sie, bevor sie mir irgendetwas vorschlagen kann.

»Wie Sie wünschen«, ist ihre knappe Antwort, bevor sie sich umdreht und zwischen den Tischen verschwindet.

Nun habe ich Zeit, mich etwas genauer umzuschauen. Der Speisesaal ist groß und geräumig. Die Tische sind teilweise durch Pflanzen voneinander getrennt, so dass eine gemütliche, diskrete Atmosphäre entsteht. Auch das Licht, das aus kleinen Lampen von der Decke strahlt, macht eher den Eindruck, als wären es Sterne, die den Raum erhellen. Der Innenarchitekt hat sich wirklich Mühe gegeben und muss ein sehr kreativer Kopf sein. Ich fühle mich ausgesprochen wohl und bin sehr froh, dieses Hotel gewählt zu haben. Außerdem bin ich gespannt, wie der Wellnessbereich ist, den ich morgen aufsuchen werde. Da es morgen wieder schneien soll, werde ich also nicht viel verpassen.

Plötzlich habe ich das Gefühl, beobachtet zu werden. Es schießt unvermittelt in meinen Magen und kalter Schweiß tritt auf meine Stirn. Bin ich nun vollkommen wahnsinnig geworden? Vorsichtig blicke ich mich um, ob ich ein bekanntes Gesicht entdecke – doch ich erkenne niemanden. Was soll das? Ich zwinge mich selbst zur Ruhe, lehne mich zurück und atme bewusst ein und aus. Kann nur ein Streich meines Körpers sein. Hier ist niemand, der mich beobachtet! Gar niemand! Und doch –

das Gefühl bleibt. Mit zittrigen Händen schlage ich die Karte auf und versuche mich auf die Gerichte zu konzentrieren. Doch irgendwie sehe ich nichts. Alles ist vor meinen Augen verschwommen und mein Herz rast in meiner Brust. Ich muss hier raus! Noch bevor ich weiter über mein Verhalten nachdenken kann, schiebe ich den Stuhl zurück und verlasse hektisch den Raum.
»Bin gleich wieder da«, nuschle ich der Bedienung zu, die mich mit großen Augen anstarrt. »Muss mal für kleine Mädchen.«
»Die Treppe runter und hinten links. Für unsere Gäste«, antwortet sie mir und ich nicke.
Rasch folge ich ihrer Anweisung und Sekunden später stehe ich vor den großen, hellen Spiegeln in der Damentoilette. Ein Paar erschrockene Augen starren mich an und ich drehe den Wasserhahn auf. Was soll das? Was ist mit mir los? Ich verstehe mich selbst nicht. Wer oder was soll mich denn beobachten? Niemand weiß, dass ich hier bin. Und selbst wenn ... warum habe ich solche Angst? Vor was denn zum Teufel? Ganz langsam beruhigt sich mein Herzschlag und ich schaufle mir Wasser ins Gesicht. Das kühle Nass ist wohltuend und ich atme erneut bewusst ein und aus. Vielleicht hat mir die Kälte das Gehirn vereist? Oder mein schlechtes Gewissen meine Eingeweide gefressen, ohne, dass ich es gemerkt habe. Verdammt! Ich muss mich beruhigen.
Nach einer gefühlten Ewigkeit verlasse ich die Toilette und kehre mit durchgestrecktem Rücken zurück in den Speisesaal. Ich lass mich doch nicht von einem Gefühl um mein wundervolles Abendessen bringen. Ganz sicher nicht! Kurz, nachdem ich mich gesetzt habe, erscheint erneut die schwarz-weiße Dame und ich tippe auf irgendein Gericht. Im Zweifelsfall nehme ich immer die Zwölf. Also, dann eben auch dieses Mal. Ich hatte einfach keine Zeit und keine Muße, mir etwas auszusuchen. Ist bestimmt alles fein.
»Ah, sehr gute Wahl, die Dame. Darf ich Ihnen dazu einen Weißwein empfehlen, der ...«

»Ja ja. Machen Sie. Was immer Sie für richtig erachten«, winke ich ab und wieder verschwindet die Kellnerin ohne ein weiteres Wort.
Ich mache mir nicht wirklich Sorgen über meine ruppige Art. Ich glaube, die Servicemitarbeiter sind in so einem Luxusschuppen einiges gewöhnt. Noch immer liegt ein Rest Angst in meinem Magen, doch es ist erheblich besser. Was war das nur? Verstohlen schaue ich mich erneut um, kann aber immer noch nichts entdecken. Allerdings versperren mir Pflanzen zum Teil auch die Sicht.
Leises Stimmengewirr dringt an mein Ohr und vermischt sich mit den chilligen Klängen aus den Lautsprechern. Sehr stilvoll, die Musik, doch kann ich dadurch noch weniger von den Unterhaltungen aufschnappen. Ich schließe meine Augen, schiebe meine ganze Konzentration auf meinen Gehörsinn und lausche erneut. Langsam kristallisieren sich einzelne Stimmen heraus und ich meine … kenne ich die tiefe, männliche Stimme? Noch genauer versuche ich sie zu extrahieren, doch ich habe keine Chance.
»Guten Appetit«, dringt in diesem Moment die Stimme der Kellnerin an mein Ohr und ich seufze ergeben auf. Die Dame hat echt ein spitzen Timing. Meine Konzentration ist verschwunden und ich öffne die Augen. Die gebackene Scholle, die mit Charlotten und Speckwürfeln bedeckt und mit kleinen, in Petersilie geschwenkten Kartoffeln auf einem edlen Teller garniert vor mir liegt, riecht exzellent. Mir läuft das Wasser im Munde zusammen und ich lecke mir über die Lippen. In diesem Moment knurrt mein Magen und zeigt, wie hungrig ich bin. Entschuldigend lächle ich ihr zu.
»Danke sehr«, murmle ich und ergreife das Besteck neben meinem Teller. Die Stimme ist vergessen, die Angst verflogen und mein ganzes Sein ist auf den Fisch vor mir gerichtet. Schon der erste Bissen lässt mich jubilieren. Ich wusste, dass es die richtige Wahl war. Nummer zwölf ist, egal wo ich speise, immer ein Volltreffer. Manche

Menschen behaupten, dass gutes Essen wie guter Sex ist. Bisher habe ich von dieser These immer Abstand genommen. Doch heute ist das anders. Irgendetwas hat sich in meinem Leben so sehr verändert, dass ich plötzlich nachvollziehen kann, was die Leute damit meinen. Dieser Fisch, in Kombination mit den Kartoffeln und dem Speck, lässt mich innerlich stöhnen. Er befriedigt meinen Geist und meine Geschmacksnerven. Wäre Alex jetzt noch hier, und würde meine körperlichen Gelüste befriedigen, die schon wieder in mir keimen, wäre mein Leben perfekt. Doch, was ist schon perfekt? Man kann bekanntlich ja nicht alles haben und so schiebe ich die Gedanken an meinen Liebhaber beiseite und beschäftige mich mit meinem Essen. Selbst der Weißwein, der trocken und fruchtig in meinem Glas schimmert, passt hervorragend.
Als Nachspeise wähle ich eine Variation aus verschiedenen Käsesorten mit Früchten und nach diesem wundervollen Mahl ziehe ich mich gute zwei Stunden später auf mein Zimmer zurück. Der Vorfall, der solche Angst in mir ausgelöst hat, ist fast vergessen. Vielleicht war es auch nur Hunger, der in meinem Magen rebellierte. Keine Ahnung und es interessiert mich auch nicht wirklich. Ich freue mich nun auf mein warmes, weiches Bett und mein Buch, das auf mich wartet. Fräulein Jacky D., ich komme.

****

»Anja! Du verrücktes Huhn. Bist hier und sagst nichts!« Die Stimme meiner Schwester dringt durch mein Handy an mein Ohr und ich lege das Buch, bei dem ich soeben Tränen gelacht habe, zur Seite.
»Und? Woher weißt du es dann, Schwesterchen?«, frage ich sie und weiß ganz genau, wo die undichte Stelle ist. Meine Mutter, die als Einzige weiß, dass ich hier bin, konnte mal wieder das Geheimnis nicht für sich behalten.

»Na, die Mama hat's verraten«, lacht Rosa in diesem Moment und ich stimme ein.
»War ja klar. Aber sag, wenn du es schon weißt, warum kommst du dann nicht vorbei? Hast du Zeit oder nehmen dich deine Männer so in Beschlag.«
»Genau deswegen rufe ich an. Robin ist der Beste. Nachdem ich vorhin von deinem Luxustrip erfahren habe, habe ich natürlich sofort das Internet bemüht und dein Hotel entdeckt. Klasse! Wenn das in echt nur halb so schön ist, wie im Prospekt, dann ...«
»Es ist noch viel schöner«, plappere ich dazwischen und richte mich in meinem Bett auf. Mein Blick fällt nach draußen und ich kann das Meer erahnen, das in sanften Wellen am Strand leckt.
»Na, jedenfalls hat Robin mir für morgen frei gegeben und mir erlaubt, mit dir zusammen einen Wellnesstag zu machen. Ich hoffe, du hast noch nichts geplant, in dieser Richtung. Ich, also besser gesagt mein Mann, will uns beide einladen. So ein Schwestern-Ding. Freust du dich?«
Sie klingt so aufgeregt, dass ich lachen muss.
»Und wie ich mich freue! Das ist ja genial! Natürlich machen wir das. Ich gehe gleich noch mal zur Rezeption und buche um. Wann bist du da? Was willst du machen?«
»Ich dachte an den ganzen Tag. Also mit Frühstück und Massage und Schwimmbad und Sauna und ... na, einmal mit alles eben, aber ohne scharf.« Wieder lacht sie.
So bestelle ich immer meinen Döner beim Türken: einmal mit alles, aber ohne scharf.
»Perfekt! Dann freue ich mich auf dich. So gegen neun Uhr auf meinem Zimmer. Das muss ich dir auch zeigen! Bademantel und Hausschuhe stellen sie hier zur Verfügung. Du brauchst also nur deinen Bikini«, teile ich ihr mit und wir unterhalten uns noch eine Weile über den bevorstehenden Tag. Ich freu mich wie wahnsinnig!

Nach einer wirklich angenehmen Nacht, in der ich seit langer Zeit mal wieder richtig erholsam schlafen konnte, erwache ich um kurz nach acht Uhr. Rosa hat mir bereits eine Nachricht geschrieben, dass sie bald da sein wird und ich lümmle mich noch einmal in meine Kissen. Die Dämmerung kündigt den neuen Tag an und ich schaue hinaus aufs Meer. Dieser Ausblick ist so beruhigend, der Tag wird so wundervoll und überhaupt geht es mir gerade so gut, dass ich nach meinem Smartphone greife und Alex eine Nachricht schreibe.
»Hi du. Ich bin gerade an der Ostsee, meine Schwester kommt zu Besuch, wir genießen nachher eine wundervolle Massage und ich hoffe, es geht euch auch gut. Übermorgen bin ich wieder da. Alles Liebe, Anja.« Ich lese mir die Nachricht noch einmal durch und drücke auf Senden.
Ich habe sie extra unverfänglich gehalten, damit, falls Emma sie doch durch Zufall liest, nichts Schlimmes darin steht. Nur wenige Sekunden später erhalte ich eine Antwort.
»Hi du Süße. Lässt es dir gut gehen und dich von fremden Männerhänden verwöhnen ... Ich hätte es auch gekonnt. Soll ich es dir beweisen? Wo bist du genau? Ich habe gerade einen Termin außerhalb und, wenn es nicht zu weit weg ist, dann könnte ich dich vielleicht besuchen. LG A.« Mein Herz macht einen Sprung und meine Hand zittert. Das wäre eindeutig perfekt. Schnell schicke ich ihm den Namen des Hotels und teile ihm mit, dass ich mich über einen Besuch sehr freuen würde.
»Gebe dir Bescheid«, lautet seine knappe Antwort und ich spüre daran, dass er nun nicht mehr schreiben kann. Bestimmt ist Emma in der Nähe oder sonst jemand, der seine Aufmerksamkeit fordert. Soll mir recht sein. Das Wichtigste ist geschrieben. Grinsend lege ich das Smartphone zur Seite, schließe die Augen für einen Moment und hoffe sehr, dass mein Wunsch in Erfüllung geht.

****

»Das ist ja wirklich traumhaft schön hier«, sagt Rosa zum wiederholten Male und ich stimme ihr nickend zu.
Wir befinden uns im Spa-Bereich und steigen soeben ins Schwimmbecken. Das blaue Wasser ist angenehm warm und selbst von hier aus hat man einen wundervollen Blick auf die Ostsee. Das Wetter hat sich, im Gegensatz zu der Ankündigung, gebessert und der Himmel ist wolkenlos. Kleine, weiße Punkte fliegen dicht über das Meer und auf den Wellen tanzen winzige Schaumkronen. Menschen, in dicke Winterkleidung gehüllt, spazieren über die Promenade oder den Strand und auch den einen oder anderen spielenden Hund kann ich entdecken. Ein traumhaftes Bild.
»Wie geht es dir, Schwesterherz?« Rosa ist neben mich geschwommen und wir lassen uns, mit den Armen auf den Beckenrand gestützt, im Wasser treiben.
Bisher haben wir das Schwimmbad für uns.
»Wie soll es mir schon gehen in diesem Umfeld? Fantastisch.« Ich weiß genau, was sie meint, doch ich versuche, das Gespräch unverfänglich zu halten.
»Klar. Und sonst so? Was macht dein Liebesleben?« Sie lässt nicht locker und ich stöhne auf. »Jetzt komm mir nicht mit irgendwelchen Ausreden, Herzchen. Ich kenne dich schon mein Leben lang - und ich weiß, wenn etwas nicht stimmt. Also, leg los. Noch sind wir alleine.«
Da ich keinen Ausweg sehe und sie wirklich nicht belügen will, erzähle ich ihr alles von Anfang an. Nur die Fakten, vollkommen ohne Emotion. Als ich geendet habe, seufzt sie auf und schaut mich an.
»Und du glaubst, dass dir das gut tut? Wie sieht es wirklich in dir aus? Das bist doch nicht du! Du, also die wahre Anja, hätte ein so schlechtes Gewissen, dass es sie innerlich zerreißen würde.«
Na bravo. Meine Schwester kennt mich zu gut.
»Das können vielleicht andere Frauen, aber doch nicht du!«

»Ja, ja. Ist ja schon gut. Du hast wie immer recht. Klar habe ich ein schlechtes Gewissen Emma gegenüber. Aber ehrlich? Es ist so genial, dass ich einfach nicht darauf verzichten will. Ganz egal, wie lange es dauert und was es für Konsequenzen hat.«
Rosa schaut mir tief in die Augen und dabei treffen sich unsere Seelen. Schon als Kinder hatten wir eine sehr innige Verbindung und ich weiß, dass sie in diesem Moment zwischen den Zeilen liest.
»Na, dann musst du das machen, Herzchen. Wenn du es für richtig erachtest. Aber pass auf, dass du dich nicht in den Typen verknallst. Das geht schneller als man denkt. Er liebt dich nicht. Er liebt seine Verlobte. Das hat er dir eindeutig gesagt. Selbst wenn er eine wirklich dämliche Art hat, das zu leben. Aber er ist halt auch nur ein Mann mit Bedürfnissen, Sehnsüchten und einem Schwanz.«
Rosa kichert und ich stimme ein.
»Ja, sehe ich ähnlich. Und außerdem … wer weiß schon, wie lange das noch so geht. Vielleicht ist bald schon wieder Schluss und ich treffe den Mann meiner Träume, der mir all das bietet, was ich bisher vermisse. So als Gesamtpaket, mein ich.«
»O.k., dass du romantisch bist, weiß ich. Aber, dass du noch auf einen Prinzen auf einem weißen Pferd wartest, ist mir neu.«
Genau in diesem Moment galoppiert eine Person auf einem braunen Vierbeiner über den Strand und wir lachen schallend.
»Der kann es aber nicht sein«, japst Rosa, »sein Pferd ist nämlich braun!«
Nachdem wir uns wieder einigermaßen beruhigt haben, beschließen wir das Thema Männer zu vertagen und beginnen gemeinsam, einige Runden zu schwimmen. Das Wasser trägt mich und ich lasse mich auch treiben. Ein paar Mal tauche ich unter und fühle mich wie ein Fisch im kühlen Nass. Dass unser Fitnessstudio kein Schwimmbad hat, bedauere ich immer wieder. Wie gerne würde ich mich öfter in diesem Bereich betätigen. Ich

kann nämlich hervorragend schwimmen. Schon als kleines Mädchen habe ich das Seepferdchen gemacht und danach die anderen, diversen Schwimmabzeichen. Leider lasse ich dieses Talent zusehends verkümmern. Während wir unsere Runden schwimmen, füllt sich das Spa und wenig später beschließen wir, uns in den Ruhebereich zurückzuziehen. Dort gibt es kostenlosen, heißen Tee, frisches Wasser und auch eine Schale mit Obst steht bereit. Der Tag, der so wundervoll begonnen hat, könnte für mich noch ewig so weitergehen.

****

Und plötzlich ist es wieder da, das Gefühl der Angst in meinen Eingeweiden. Bis eben habe ich noch völlig entspannt auf meiner Liege geträumt – und nun? Mein Puls beschleunigt sich und ein Kribbeln läuft über meine Haut. Ich will mich aufsetzen und umschauen, doch ich kann mich nicht bewegen. Was zum Teufel ist denn nun schon wieder los? Ich versuche, in mich hineinzuhorchen und meinen Körper zu beruhigen – keine Chance. Plötzlich taucht ein Schatten neben meiner Liege auf. Rosa? Nein! Sie hat eine andere Silhouette. Das ist ein Mann! Doch wo ist meine Schwester? Warum hilft sie mir nicht? Warum hilft mir sonst niemand? Mein Magen krampft sich zusammen und ich will schreien. Doch kein Laut dringt über meine Lippen. Das Wetter hat sich gewandelt und drohende Sturmwolken peitschen über die raue See. Dunkelheit beginnt, sich auch um mich herum zu sammeln und verdichtet sich zu einer behandschuhten Hand, die sich meinem Gesicht wie in Zeitlupe nähert. Was will sie? Wer ist das? Meine Angst wird übermächtig und der tierische Instinkt in mir rät zur Flucht. Doch irgendetwas hält mich gefangen. Hat man mich gefesselt? Ich weiß es nicht. Ich spüre meine Arme und Beine nicht mehr. Nur noch mein Herz schlägt laut und kräftig in meiner Brust – doch wie lange noch? Die Hand, die ein feuchtes Tuch hält, legt sich in diesem

Moment über Mund und Nase und der beißende Geruch dringt in mich ein, vernebelt meine Sinne und alles dreht sich vor meinem inneren Auge …
Als ich Geräusche höre, erwache ich schlagartig. War das alles nur ein Traum? Diese Hand, die Angst, das Gefühl, betäubt zu werden? Vorsichtig versuche ich, mich zu bewegen und schaffe es tatsächlich, mich aufzurichten. Mein Kopf dröhnt, als wäre ich von einem Zug überrollt worden und meine Stirn …? Ich greife mir mit der rechten Hand an den Kopf. Meine Stirn brennt wie Feuer und, als ich sie betrachte, ist sie voller Blut. Rot und klebrig benetzt sie meine Hand. Was …? Panisch springe ich von der Liege und stürme zu einem Spiegel, der nicht weit von mir entfernt auf Augenhöhe angebracht ist. Was ich dort sehe, zieht mir der den Boden unter den Füßen weg. Dunkle, eingefallene Augen starren mich aus tiefliegenden Höhlen an und die Hautfarbe erinnert an eine frischgestrichene Wand. Meine Lippen sind nur noch ein schmaler, roter Strich und meine Haare hängen strähnig herab. Ein Bild des Grauens. Doch, was das Schlimmste ist, kann mein Verstand noch nicht so richtig begreifen. Erneut fasse ich mit den Fingern an die Wunde auf meiner Stirn und zucke zurück. In großen, dicken Buchstaben hat jemand ein Wort in meine Haut tätowiert. »HURE«. Als ich das Ausmaß begreife, formt sich ein Laut in meiner Kehle und bahnt sich seinen Weg über meine Lippen in die Freiheit. Es klingt nicht mehr menschlich und ich breche schreiend auf dem Boden zusammen.

»Anja! Anja, Schätzchen! Meine Liebe! Komm zu dir! Was ist denn los?« Immer wieder klatscht eine flache Hand auf meine Wange und so, wie sie sich anfühlt, war es nicht die erste Ohrfeige, die ich in den letzten Minuten bekommen habe. Rosas Stimme dringt an mein Ohr und sie klingt regelrecht panisch. Was ist denn …? Schlagartig kehren all meine Erinnerungen zurück und ich reiße die Augen auf.

»Was steht da auf meiner Stirn?«, kreische ich und Rosa hört sofort auf, mich zu schlagen.
»Ich ... ähm ... entschuldige, ich wollte dich nicht ... aber, du hast so gewimmert und ich dachte ... also ...?«, stottert sie, doch ich brülle sie noch ein weiteres Mal an, mir zu sagen, was auf meiner Stirn steht.
»Ähm ... nichts. Was soll ...?« Ihr Gesicht wirkt wie ein lebendes Fragezeichen und ich fauche sie an.
»Lüg mich nicht an! Ich weiß, was da steht! Ich weiß, dass ...«. Tränen schießen mir in die Augen und rinnen über meine Wangen.
Ich schluchze auf und halte mir die Hände vors Gesicht. Ich bin gezeichnet! Jetzt kann jeder sehen, dass ich eine Hure bin! Nun kann ich niemals mehr unter Menschen gehen und werde irgendwo auf dem Land ein einsames Dasein fristen. Mein Leben ist vorbei ...
»Jetzt hör endlich auf, zu heulen. Die Leute schauen schon«, herrscht mich Rosa an und zieht mir die Hände vom Gesicht. »Verdammt! Da ist nichts! Was soll denn da sein? Vielleicht bekommst du einen Pickel, aber das ist doch nicht so schlimm!«
Hysterisch lache ich auf und ein undefinierbares Glucksen dringt durch meine Kehle. Ein Pickel! Wenn es nur das wäre ...
»Los! Steh auf, geh zum Spiegel und schaue selber, wenn du mir nicht glaubst!« Wütend zerrt sie an meinem Arm und ich folge ihr widerwillig.
»Aber ich will das nicht sehen. Ich weiß doch ...«
»Schau!«, befiehlt mir Rosa, hält meinen Kopf zwischen ihren Händen und zwingt mich so, mir selbst in die Augen zu schauen. Das Bild, das ich jetzt zu sehen bekomme, ist das genaue Gegenteil von dem, was ich noch vor ein paar Minuten zu sehen glaubte. Langsam hebe ich die Hand und fahre vorsichtig mit den Fingerspitzen über meine Stirn. Da ist wirklich nichts. Aber wie ...?
»Du hast nur geträumt, Herzchen. Das aber so intensiv, dass ich dich kaum wecken konnte. Was war denn?«,

beantwortet Rosa meine stumme Frage und ich seufze erleichtert auf.
Dann lasse ich mich zurück auf die Liege fallen und meine Schwester reicht mir eine Tasse des warmen, süßen Früchtetees, den ich so liebe. In wenigen Sätzen schildere ich ihr meinen Traum und sie stöhnt auf.
»Also, dein Unterbewusstsein ist wirklich ein Arsch. Du musst endlich für dich klären, was du wirklich willst. Wenn du so weiter machst, dann endest du echt noch in der Klapse. Oder im Knast.« Rosa grinst und ich versuche es ihr gleich zu tun.
Jedoch ohne Erfolg. Das Lachen ist mir vergangen.
»Ja, du hast wie immer recht. Aber was soll ich denn machen. Oder besser ... WIE soll ich es machen? Ich will ihn nicht verlieren, weißt du? Ich hatte noch nie so ein wundervolles Gefühl. Ich will meine Droge nicht verlieren. Hilf mir, Rosa!« Erneut rinnen Tränen über meine Wangen und ich schniefe lautstark.
Wo meine Schwester das Taschentuch herhat, das sie mir nun reicht, weiß ich nicht, aber ich trockne meine Tränen und putze mir die Nase.
»Wie soll ich dir denn helfen? Da musst du alleine durch. Klär das mit deinem Gewissen und dann zieh das durch. Wenn du ihn brauchst, dann höre auf zu jammern und genieße das, was dir geboten wird. Ohne schlechtes Gewissen und Tränen. Und wenn nicht ... dann mach Schluss damit. Beende das Ganze, bevor es dich innerlich auffrisst. Wenn du dich in den Typen verknallst, dann ist ohnehin alles zu spät. Das habe ich dir schon mal gesagt und ich bleibe auch bei dieser Meinung. Hast du mich verstanden?«
Ihre Worte, die sie mir um die Ohren schlägt, dringen wie Honig in mein Bewusstsein und verkleben meine Gehirnwindungen. Ja, sie hat recht. Wie immer. Ich muss mir wirklich klar werden, was ich will. Ich führe mich ja auf, wie ein Drogenjunkie auf Entzug. Das ist nicht die starke, selbstbewusste Frau, die ich eigentlich bin. Das Ganze sollte Spaß machen, stattdessen leide ich. Da

bekommt das Wort *Leidenschaft* eine ganz neue Bedeutung.
»Hör auf zu grübeln, Herzchen. Das gibt nur Falten. Lass es geschehen, dann wirst du es sehen. Den Satz habe ich neulich in einem Roman gelesen und ich finde, er passt zu deiner Situation. Du wirst wissen, was zu tun ist, wenn es so weit ist.« Ihr Lächeln, das sie mir in diesem Moment schenkt, ist so herzlich, dass ich nicht anders kann und meine Mundwinkel ein Stückchen nach oben wandern. »So ist es schon viel besser, Schwesterherz. Und nun komm. Wir müssen zur Massage. Das wird dir bestimmt gut tun und deine Verspannungen lockern. Danach gehen wir eine Kleinigkeit essen und dann sieht die Welt schon wieder besser aus, wirst sehen.«
Ich nicke und erhebe mich synchron mit ihr von der Liege. Ein neuerliches Grinsen huscht über mein Gesicht, als ich den Ruheraum verlasse. Meine schlechten Gedanken und die Angst, die mich noch vor ein paar Augenblicken gequält hat, lasse ich in diesen Räumlichkeiten zurück.

»Wenn Sie mir bitte folgen würden?« Ein junger Mann fordert uns auf, die Massageräume zu betreten und erklärt uns, dass wir es uns auf den Liegen bequem machen sollen.
»Sie haben die Rückenmassage gebucht?«, fragt er.
Rosa und ich bejahen. Plötzlich freue ich mich sehr darauf, die Verspannung aus meinem Körper massieren zu lassen. Leise, entspannende Musik dringt aus den Lautsprechern und hüllt mich in eine angenehme Wolke aus guter Energie. Das duftende Öl, das der junge Mann auf meinem Rücken verteilt, dringt in meine Nase und fördert so auch hier die Entspannung. Ganz langsam lasse ich meine Gedanken los und konzentriere mich auf die Hände auf meiner Haut. »Lass es geschehen, dann wirst du es sehen«, hat Rosa vorhin gesagt. Dieser Spruch geht mir nicht mehr aus dem Kopf. Ja, genau das werde ich machen. Das nächste Mal, wenn wir uns sehen, werde

ich genauestens darauf achten, was mein Körper und mein Geist mir sagen. Vielleicht übertreibe ich auch nur, mit meiner Angst entdeckt zu werden. Warum sollten wir auffliegen? Es weiß keiner davon – bis auf Rosa. Und die wird uns bestimmt nicht verraten. Und Alex? Der wäre ja schön blöd, wenn er es täte. Ich habe dabei nicht wirklich etwas zu verlieren. Er schon. Warum habe ich dann solche Angst? Vor was? Davor, dass es irgendwann nicht nur beim Sex bleibt? Was ist, wenn ich mich wirklich in Alex verliebe? Soll ja bekanntlich schon vorgekommen sein, dass die Geliebte Ansprüche an den Mann und ihn vor die Wahl stellt, sich zwischen der Frau – beziehungsweise der Verlobten – und der Geliebten – diese Rolle ist meine – zu entscheiden. Und jeder weiß, wofür sich der Mann normalerweise entscheidet. Die Geliebte ist es in den seltensten Fällen. Und mein Fall wäre genau so einer, daraus hat Alex nie einen Hehl gemacht. Ergo: Verlieben ist nicht drin. Was ist, wenn es doch passiert? Gefühle kann man schließlich nicht so einfach abschalten. Doch, was reizt mich so sehr an diesem Mann, dass es passieren könnte? Meine Gedanken machen mich wahnsinnig und ich versuche, mich wieder auf die entspannenden Hände auf meinem Körper zu konzentrieren. Jedoch ist das leichter gesagt als getan. Irgendwie wünsche ich mir, dass es Alex Hände wären, die mich berühren, dass er sich in diesem Moment zu mir hinunter beugt und mir sanft ins Ohr pustet, an meinem Nacken knabbert und seine Finger weiter über meinen Körper wandern lässt …
»Anja?« Als ob Rosa meine Gedanken gelesen hätte, macht sie sich plötzlich bemerkbar.
Ein unwilliges Knurren dringt über meine Lippen und ich drehe meinen Kopf zu ihr. Sie liegt auf der Liege neben mir und auch über ihren Körper gleiten die Hände eines jungen Mannes. Beide Herren gehen schweigend ihrer Arbeit nach und ich bin dankbar dafür, dass sie uns kein Gespräch aufzwingen.
»Anja?«

»Wasn?«
»Woran denkst du?«
Ja, woran wohl? Sie weiß es doch, was fragt sie denn?
»Alex?«
Wieder knurre ich zustimmend.
»Wann wollt ihr euch noch mal treffen? Steht das schon fest?«
»Nein.« Meine Antwort entspricht zwar nicht ganz der Wahrheit, aber ich habe wirklich keine Lust, über ihn und meine Gefühle zu diskutieren. Sie hat gesagt, ich soll es auf mich zukommen lassen und genau das habe ich nun vor. Beschlossene Sache. In ein paar Tagen werde ich vielleicht die Antwort auf meine bohrenden Fragen haben. Geht es weiter ... oder nicht.

Ich will dich, aber ...

»Zwei Cappuccino mit viel Sahne, bitte«, bestelle ich beim Kellner und dieser nickt.
Rosa und ich sitzen auf den weichen, braunen Ledersesseln im Eingangsbereich und blicken aufs Meer hinaus. In diesem Bereich der großen Halle stehen hinter ein paar ausladenden Palmen einige Sessel und Tischchen und im Kamin an der Wand prasselt ein wärmendes Feuer. Eine geschmackvolle Stehlampe erhellt den Bereich, die beiden Sessel mitsamt Tisch so diskret, wie es nur möglich ist. Außer uns halten sich keine weiteren Gäste hier auf.
»War doch ein schöner Tag, oder?«, fragt Rosa und ich nicke.
»Ja, trotz allem war es wundervoll, dass du da warst. Es tut mir leid, dass ich unseren Mädelstag so ruiniert habe und ...«
»Quatsch nicht! Dafür sind Schwestern da. Alles ist gut, mein Herz. Und deine Gefühle bekommst du auch

wieder in den Griff. Ganz bestimmt.« Rosa klingt so zuversichtlich, dass ich wieder nur nicken kann.
Bei ihr hört sich das alles so einfach an. Ihr Leben ist gradlinig und schön. Sie hat eine Familie, die sie liebt, einen Mann, der sie verwöhnt und den kleinen Noah als Sonnenschein. Und was habe ich? Nachdenklich seufze ich auf. Nein, ich bin nicht neidisch auf sie. Ich freue mich über ihr Glück und dennoch … wenn ich mir etwas wünschen könnte, dann wäre es die Lösung meiner Probleme.
»Was machst du eigentlich an Fasching? Gehst du auf einen Ball oder …?«
Wie kommt Rosa nur darauf? Ich war noch nie auf einem Ball und doch hat sie mit ihrer Frage ins Schwarze getroffen. Manchmal ist sie mir wirklich unheimlich.
»Ja«, sage ich leise und schaue sie mit großen Augen an. »Emma hat mich gebeten, sie auf einen Maskenball zu begleiten. Irgendwann nächste Woche. Ich glaube, am Samstag. Aber ich weiß noch gar nicht, ob ich da hingehen soll. Der findet in der Stadt im Pressehaus statt. Irgend so ein großes Event, bei dem in edlen Gewändern und mit ausgefallenen Masken getanzt wird.«
»Klar gehst du da hin! Dann siehst du mal was Neues. Horizonterweiterung – oder so ähnlich.« Sie kichert. »Wird Alex auch dabei sein? Hast du schon ein Kleid? Und eine Maske?«
»Nein, habe ich nicht. Ich weiß ja noch nicht mal, ob ich überhaupt hingehe. Und ja, ich denke schon, dass er dabei sein wird. Er hat schließlich die Karten besorgt, sagt Emma. Und der Rest der Clique wird auch mitkommen. Charly, Chrissy, Mia, Tom, Mike … soweit ich weiß. Aber was soll ich da? Zuschauen, wie Alex mit seiner Emma flirtet? Wie er sie berührt, anstatt mich? Wie er mit ihr tanzt, anstatt mit mir? Wie er …?«
»Anja! Du hast dich bereits verliebt! Oh Mädchen! Du bist eifersüchtig auf Emma. Pass bloß auf!«
»So ein Quatsch!«, maule ich und weigere mich, ihren Worten Glauben zu schenken. »Ich habe nur keine Lust,

mir die turtelnden Pärchen anzutun, ohne selber turteln zu dürfen. Verstehst du das nicht? Die anderen Pärchen werden auch nicht nur Händchen halten. Ich komme mir dann wie das dritte Rad am Wagen vor, so ganz ohne Freund ...«
»Das fünfte«, kichert Rosa.
»Was?«
»Na, es heißt das fünfte Rad. Und hör auf, dir selber leidzutun. Such dir einen eigenen Mann, dann musst du nicht teilen.«
Bittere Galle schießt mir in den Mund und plötzlich ist mir schlecht. Wo kommt das so plötzlich her? Ein dicker Kloß schnürt meine Kehle zu und mein Herz rast in meiner Brust. Das Gefühl der unbekannten Angst ist wieder da und ich zittere am ganzen Körper. Aber warum ...?
»Ist da jemand?«, flüstere ich, kralle mich in Rosas Arm und die Farbe weicht aus meinem Gesicht. Rosa schaut erst mich mit großen Augen an, dann blickt sie sich suchend um.
»Was ist los? Was hast du? Du bist ja weiß wie dein Bademantel. Ist dir schlecht?«
»Rosa! Ist da jemand, der uns beobachtet? Sag es mir! Bitte!« Meine Stimme klingt selbst in meinen Ohren so gottserbärmlich, dass sie meiner Anweisung umgehend Folge leistet.
»Nein ... da ist niemand. Also nicht, dass ich jemanden erkennen würde. Ein paar Menschen sitzen auf den Sesseln hinter uns und ... nein, sonst sehe ich niemanden. Was ist denn bloß los? Habe ich dich schockiert mit meiner Aussage? Kann ich dir helfen? Geht's dir nicht gut?«
Nein, mir geht es ganz und gar nicht gut! Ein kalter Schauder nach dem anderen überzieht meinen Rücken und ich schlinge meine Arme um mich, um das Zittern zu unterdrücken. Ich hasse dieses Gefühl! Bisher habe ich es zwei Mal erlebt und doch gab es nie einen erkennbaren Grund für meine Angst. Werde ich

verrückt? Schizophren? Ich versuche mich wieder zu beruhigen und atme bewusst ein und aus. Ich werde nicht aufspringen und davon rennen wie beim letzten Mal im Restaurant. Auch ist es dieses Mal kein Traum. Rosa ist hier und sie wird mich für noch verrückter halten, als ich mich ohnehin schon fühle. Reiß dich zusammen, befehle ich mir selbst, schließe die Augen, zähle langsam bis zehn und mein Puls, der bis eben noch dahin galoppierte, beruhigt sich Atemzug für Atemzug. Es hilft! Dem Himmel sei Dank – oder wem auch immer …

»Nein, alles gut. Mir war nur plötzlich schlecht. Vielleicht sollte ich einfach mal was essen. Wir wäre es, wenn wir uns etwas aufs Zimmer bringen ließen und …«, stottere ich hilflos, in dem Versuch, mich zu erklären.

»Oh schau mal! Ein Regenbogen! Wie wundervoll!«, ereifert sich Rosa in diesem Moment und zeigt aus dem Fenster. Über das Meer zieht sich ein bunter Bogen und leuchtet traumhaft schön in allen Farben. Der Wind peitscht dunkle Wolken über den Horizont und doch kann ich einen hellen Lichtstreifen sehen, der eben genau jenes Farbenspiel an das Firmament zaubert. Dieser Anblick ist so atemberaubend, dass ich meine Panikattacke vergesse und wie hypnotisiert das Schauspiel betrachte. Ich muss keine Angst haben, alles wird gut.

****

So manches Mal in deinem Leben
da fühlst du dich so winzig klein –
stehst ohne Schirm im kalten Regen
und fühlst dich einsam und allein.

Der Berg vor dir scheint riesengroß –
mit Sorgen voll bestückt.
»Wie werd ich diesen jetzt nur los?
Ich glaub, ich werde bald verrückt«.

*Der Blick verschleiert, trübe Sicht –
du weißt nicht ein noch aus –
wenn alles bald zusammenbricht.
Wer holt dich da nur raus?*

*Doch plötzlich scheint ein heller Strahl,
die Wolken zu durchbrechen –
er lindert deine schwere Qual
und schenkt dir sein Versprechen*

*»Glaub an dich und deine Kraft,
dann öffnet sich auch eine Tür –
und hast du es dann doch geschafft,
dann danke mir dafür.«*

****

Wieder einmal schreibe ich meine Gedanken auf eine Serviette, die der Kellner, zusammen mit einem Stift auf meine Nachfrage gebracht hat und Rosa lächelt. Das Ablenkungsmanöver hat perfekt funktioniert. Die Angst ist verschwunden und auch das Gefühl, beobachtet zu werden, zieht sich in die Abgründe meiner Seele zurück, aus der es gekommen ist.
»Wehe, du hörst jemals auf, zu schreiben. Das ist die wahre Anja, verstehst du? Diese zärtliche, romantische Seite, die du in dir trägst und das Feuer, das in deinen Augen brennt, wenn du ein Gedicht von dir zum Besten gibst. Das genau bist du! Nicht dieses Weib, das sich an vergebene Männer heranmacht und ...«
»Ich habe es verstanden, Rosa«, unterbreche ich sie mit einer herrischen Geste und sie verstummt. Ich weiß es doch, verdammt. Aber bis das Wissen auch in meinem

Herz und besonders in meinen unteren, sehr weiblichen Regionen ankommt, dauert es noch eine Weile, fürchte ich. Genau das sage ich auch Rosa.
»Weißt du, ich habe beschlossen, noch ein letztes Mal mit ihm zu schlafen. Vielleicht gleich nächste Woche, noch vor dem Ball. Und dann beende ich es und wir bleiben Freunde. Ganz einfach. So wie die letzte Zigarette vor dem Entzug oder das letzte Stück Torte vor der Diät. Danach werde ich aufhören, ganz bestimmt«, füge ich hinzu und Rosas Lächeln wird noch eine Spur breiter. Ich weiß genau, dass sie mir nicht glaubt. Doch ich werde es ihr beweisen. Ich kann stark sein und verzichten. Ich habe es schließlich die ganzen letzten Jahre getan. Glimmende Wut macht sich in meinen Eingeweiden breit

… und wird von dem Flügelschlag eines Insektes abgetötet. Genau in diesem Moment hebe ich den Kopf und erblicke Alex, wie er sich suchend umschaut und auf die Rezeption zusteuert. Tausende von kleinen Faltern schwingen sich in die Lüfte und erobern meinen Magen. Meine Gesichtsfarbe wechselt spontan von orange über rot bis hin zu lila und verschwindet dann gänzlich. Mir ist schlecht und ein Gefühl zieht sich durch meinen Magen, als ob ich soeben einen Faustschlag in den Solar Plexus bekommen hätte. Uff. Was genau macht Alex denn hier? Wollte er nicht vorher Bescheid geben? Ha! Wie denn, wenn mein Smartphone auf dem Zimmer liegt? Da liegt es gut. Ich trage noch immer nur meinen Bademantel und darunter den knappen Bikini. Super Leistung, Anja. Ganz toll.
»Hast du ein Gespenst gesehen, oder …?«, fragt meine Schwester und folgt meinem Blick. Dann glimmt ein Leuchten in ihren Augen auf, als ob sie einen Lichtschalter angeknipst hätte. »Ah, ich verstehe. Alex? Wow, was für ein süßer Typ. Na, hätte ich mir ja denken können, dass du einen guten Geschmack hast. Ich würde sagen, du gehst zu ihm rüber und ich bezahle das mal eben. Aber bevor ich mich gänzlich verabschiede … ich

muss noch mal auf dein Zimmer und mich umziehen. Denk daran, bevor du ...«, beginnt sie, doch ich höre ihr überhaupt nicht zu.
Meine Gedanken sind plötzlich weg und in meinem Kopf befindet sich nur noch Leere. Dunkle, wabernde Leere. Alle Vorhaben, die ich gefasst habe, sind in diesem Augenblick wie ausradiert. Ich will ihn! Jetzt sofort und mit allem, was er zu bieten hat.
Mühsam erhebe ich mich von meinem Sessel, kehre Rosa den Rücken zu und steuere auf den Mann, der in Jeans und Lederjacke an der Rezeption steht, zu, wie eine Motte auf das Licht. Rosa habe ich vollkommen vergessen.

»Hi«, presse ich mühsam heraus und lege eine Hand auf seine Schulter. In meinem weißen Bademantel komme ich mir plötzlich richtig nackt vor.
»Anja, Süße. Da bist du ja. Wie schön.« Ohne weitere Worte zieht er mich in seine Arme und küsst mich auf den Mund.
Unsere Zungen erkennen einander und beginnen ein wildes, leidenschaftliches Spiel. Die Welt um mich herum versinkt und es zählen nur noch er und ich. Seine Hände finden ihren Weg unter meinen Bademantel und ich kehre langsam in die Realität zurück.
»Nicht hier«, flüstere ich an sein Ohr, schiebe seine Hände zurück und er nickt unmerklich.
»Aber du bist so scharf, dass ich dich am liebsten hier und jetzt ... Nein, du hast recht. Lass uns auf dein Zimmer gehen und dort unseren Spaß haben.«
Ich nicke. Ja, dort wäre es besser. Als wir uns bereits auf dem Weg zu den Aufzügen befinden, erinnere ich mich schlagartig an Rosa. Sie ist nun in meinem Zimmer und zieht sich um. Mit meiner Keycard. Folglich kann ich dort nicht hin. Zumindest nicht mit Alex.
»Was hältst du denn davon, wenn wir noch einen Abstecher in den Spa-Bereich machen? Jetzt, um kurz vor

achtzehn Uhr, sind bestimmt nicht mehr viele Menschen dort. Vielleicht ...«
»Ach, du meinst Sex im Pool? Gute Idee, meine Schöne. Klar bin ich dabei. Wo geht's lang?«
Erleichterung macht sich in mir breit und ich ergreife seine Hand. Unsere Finger verflechten sich ineinander und ich fühle mich so aufgeregt, wie ein Teenager. O.k., ich gebe es zu. Ich habe mich vielleicht doch ein bisschen in ihn verliebt. Aber nur ein kleines bisschen und ... verdammt! Das ist genau das, wovor mich Rosa gewarnt hat! Ich muss das beenden, genau so, wie ich mir das vorgenommen habe. Ein bedauerndes Gefühl macht sich in mir breit und ich schlucke schwer. Das wird nicht einfach. Gar nicht einfach! Aber da muss ich durch – nur nicht jetzt! Jetzt ist Zeit für Spaß.
Eng aneinander gedrückt laufen wir den Gang zum verglasten Eingangsbereich des Spas entlang. Noch befinde ich mich auf meiner rosa Wolke und schwebe mehr, als dass ich gehe. Alex scheint es genauso zu ergehen, denn er lächelt unaufhörlich. Seine Fingerspitze streicht über die Innenseite meiner Hand und ich stöhne wohlig auf. Diese einfache, zarte Berührung lässt eine Seite in mir erklingen, die erneut die Schmetterlinge in einen Höhenflug versetzt. Auch der Hunger, den ich noch vor einiger Zeit verspürt habe, ist verschwunden. Wer braucht schon Nahrung? Luft und Liebe ist das Einzige, was zählt. Zumindest in diesem Moment. Ein weiterer geklauter Augenblick mit Alex, den ich in vollen Zügen genießen will – schließlich ist es das letzte Mal. Ich weiß das ... er noch nicht.

»Hier kannst du dich umziehen. Eine Badehose brauchst du ja nicht im Wellnessbereich. Also zumindest in der Saunalandschaft.«
»Gib's zu, du machst das absichtlich, oder? Du willst nur sehen, wie sehr ich mich unter Kontrolle habe, wenn du nackt vor mir herumspringst.«
Ich nicke grinsend und er stöhnt auf.

»Sowas nennt man Vorspiel, mein Lieber. Du wirst es schaffen, da bin ich mir ganz sicher.«
»Na, wenn du das sagst«, grinst er jungenhaft und ich lasse ihn in seiner Umkleide allein. Meinen Bademantel hänge ich, zusammen mit meinem Bikini an einen Haken in der Dusche und stelle mich unter das heiße Wasser. Das erregende Kribbeln in den südlichen Regionen meines Körpers nimmt zu und das Pochen zeigt an, dass ich ihn am liebsten sofort in mich aufgenommen hätte. Doch auch ich übe mich in Geduld. Ich bin mir sicher, dass die eigentliche Verschmelzung noch fantastischer wird, als sie sonst schon immer war. Auch ich habe so etwas noch nie getan und ich bin einfach der Meinung, man sollte öfter mal was Neues ausprobieren – und zwar genau jetzt. Entschlossen schließe ich den Wasserhahn, werfe mir meinen Bademantel über, und trete aus der Nasszelle. Alex steht bereits, mit einem Handtuch um die Hüften gebunden an Eingang zur Saunalandschaft und wartet grinsend auf mich.
»Muss ja nicht gleich jeder sehen, dass ich einen Ständer habe, stimmt's? Der ist schließlich nur für dich bestimmt, meine Schöne.«
Wie immer tropfen seine Worte wie Honig in mein Bewusstsein und regen die Falter zum neuerlichen Flattern an. Ob die wohl schon einen Muskelkater von Dauerfliegen haben? Meine Wangen zumindest schon – vom Dauergrinsen. Aber ich liebe es!
»Dann lass uns gehen«, zwinkere ich ihm zu, ergreife erneut seine Hand.
Die gläserne Tür öffnet sich automatisch, als uns die Lichtschranke erfasst. Wärme schlägt uns entgegen und ich sehe auf Anhieb drei Türen, hinter denen sich diverse Saunakabinen befinden. Ich greife mir ein Handtuch, das für die Gäste bereitliegt, hänge meinen Bademantel an einen Haken und blicke Alex fragend an.
»Biosauna? Ist das in Ordnung?«
»Alles, was du willst, Süße. Hauptsache ich kann deinen Körper sehen und meine Hand ...«

Über das, was er vorhat, schweigt er sich aus, denn in diesem Moment öffnet sich die Tür und eine ältere Dame tritt heraus. Vollkommen nackt erkennt man ihre faltige, gebräunte Haut, ihre hängenden Brüste und ihre unrasierte Scham.
»Wollen Sie?«, spricht sie Alex und mich an und wir huschen flink durch die geöffnete Tür. Das Innere wird von blauen Lichtern erhellt, die, zusammen mit den Dampfschwaden, eine mystische Atmosphäre schaffen. Gut, dass es hier nicht ganz so heiß ist. Wir sind im Moment alleine und wählen einen Platz im hinteren Bereich.
»Setz dich zu mir«, grinst Alex breit und klopft mit der flachen Hand neben sich, nachdem er sein Handtuch ausgebreitet und lümmelnd darauf Platz genommen hat. Seine Beine sind gespreizt – Mann braucht ja schließlich Platz – und sein Ständer ragt imposant in die Höhe.
»Oder auf mich? Wie es dir lieber ist«, grinst er noch eine Spur breiter und ich lege meinen weißen Stoff demonstrativ neben ihn.
»Benimm dich!«, ermahne ich ihn in gespielt strengem Tonfall.
»Nimm mich? Habe ich das richtig verstanden?«, übergeht er meinen Einwand, nun noch eine Spur breiter grinsend – sofern das überhaupt möglich ist.
»Ja. Später«, muss nun auch ich kichern und ergreife seine Hand.
»Was hast du vor?«
»Wart's ab«, raune ich ihm verschwörerisch zu und führe einen Finger seiner rechten Hand in den Mund. Die kleinen Schweißperlen, die sich bereits daran befinden, schmecken salzig, ähnlich wie seine Liebestropfchen, die ich bereits kosten durfte. Genüsslich lasse ich meine Zunge daran hinuntergleiten, bis hin zur Handinnenfläche, die ich mit meiner eigenen Hand halte und dann wieder zurück. Mein Blick, den ich ihm dabei zuwerfe, ist herausfordernd und anzüglich – zumindest hoffe ich das. Sein eigenes Mienenspiel zeigt dagegen

unmissverständlich, dass er mich am liebsten gleich an Ort und Stelle flach legen würde. Doch soweit lasse ich es nicht kommen, denn ich begebe mich langsam und zärtlich auf den Rückweg. An der Spitze angekommen, schließen sich meine Lippen fest um den Mittelfinger, ich baue einen Unterdruck auf und beginne, zu saugen. Meine Zunge tanzt im Inneren meines Mundes um seinen Finger herum und meine Zähne knabbern genussvoll.

»Boah! Was machst du?«, japst Alex auf und sein nicht gerade kleiner Freund, reckt sich noch eine Spur höher. Es scheint ihm zu gefallen.

»Wasn?«, nuschle ich und der Schalk blitzt in meinen Augen. »Stell dir einfach vor, dass das, was ich gerade im Mund habe, nicht dein Finger ist.«

»Oh Mann! Das tue ich bereits. Du machst mich wahnsinnig!« Speichel rinnt aus deinem Mundwinkel, als er nach Luft ringt. »Du Luder!«

Ich nicke. Wobei mich diese Aktion auch nicht gerade kalt lässt. Meine Brustwarzen stehen bereits parat und auch die Feuchtigkeit in meiner Mitte ist bemerkenswert. Als würde er es ahnen, bewegt er seinen Finger in meinem Mund und zieht ihn heraus. Dann lässt er seinen feuchten Finger über meinen Hals und meine steifen Brüste wandern, fährt weiter über meinen Bauch und wenig später berührt er meine pochende Mitte.

»Und nun stell dir vor, dass das nicht mein Finger ist«, kontert er und ich versuche, zu protestieren.

»Hey! Lass das ...« Doch weiter komm ich nicht, denn eben jener Finger, den ich gerade noch im Mund hatte, versenkt sich nun immer tiefer in mir und die Spitze seines Daumens streicht über meine empfindlichste Stelle. Ich stöhne ergeben auf.

»Was denn?«, fragt nun er scheinheilig. »Ich mach doch gar nichts.«

Das Nichts fühlt sich aber in diesem Moment wunderbar an. »Wenn du nicht sofort aufhörst, dann ...«, beginne ich und er dreht sich ganz zu mir herum.

»Dann was?« Seine Lippen sind meinen ganz nahe und der Schweiß rinnt mir von der Stirn. An der angenehmen Wärme in diesen Räumlichkeiten liegt es jedoch nicht.
»Dann …«, wispere ich an seinem Mund und unsere Lippen treffen aufeinander. O.k., das war's. Ich halte es keine Sekunde länger aus. Vorsätze – Pah! Hatte ich je welche? Wenn ja, dann sind sie soeben verpufft wie weiche, weiße Wattewolken in der Sommersonne. Wie ferngesteuert erhebe ich mich von meinem Handtuch, ohne dabei seine Lippen zu verlassen und wenige Augenblicke später sitze ich rittlings auf ihm. Meine Beine habe ich rechts und links von seinen Hüften auf den Holzbrettern abgestellt, und als ich mich langsam auf seiner Mitte niederlasse, stelle ich mal wieder fest, dass wir körperlich perfekt ineinander passen. Es wäre so schade, diese Verbindung, die wirklich vom Schicksal gelenkt wurde, zu trennen. Er fühlt sich so wundervoll in mir an und ich genieße jede Sekunde in seiner Nähe. Unsere feuchten Körper kleben schweißgebadet aneinander und seine Brust reizt meine steifen Nippel. Seine Lippen schmecken salzig und ich lecke jeden einzelnen Tropfen von seiner Oberlippe. In meinem Kopf befindet sich nichts weiter, als ein watteweiches, warmes Gefühl. Keine Gedanken, keine Verpflichtung – nur das Hier und Jetzt zählt. Dieser Typ schafft es immer wieder, dass ich meine Grenzen überschreite und mein Körper die Herrschaft an sich reißt. Automatisch beginne ich, langsam meine Hüfte kreisen zu lassen und kralle meine Hände in seine dichten Haare.
»Ich will dich, jetzt …«, nuschelt er mit leicht geöffneten Lippen und ich kann nur seufzen. »Aber nicht hier. Mir wird hier langsam zu heiß«, gibt er zu und löst sich langsam von meinem Mund. »Komm, gehen wir uns abkühlen. Im Wasser macht es ohnehin mehr Spaß.«
Aha, er kennt sich aus. Also gut. Fast widerwillig erhebe ich mich und er rutscht schmatzend aus mir heraus. Seine feuchte Spitze glänzt im schimmernden Blau der kleinen Lichter.

»Dann aber zügig«, fordere ich ihn auf, ergreife seine Hand, die noch vor Kurzem in mir steckte, und öffne die gläserne Tür der Sauna. Genau in diesem Moment kehrt die ältere Dame zurück und lächelt uns zu. Alex hat sein Handtuch wieder fest um seine Hüften geschlungen, doch sein vorwitziger Freund ist nicht zu übersehen.
»Ja, ja, die Jugend«, schmunzelt sie verständnisvoll und wir grinsen synchron zurück.

»Warm ist aber auch was anderes, oder?«, maule ich, als ich bis zur Brust im Wasser stehe. Das Becken, das extra zur Abkühlung der Saunabenutzer bereits steht, ist knapp 1,50 Meter tief und lauwarm.
»Dir wird schon gleich heiß«, verspricht mir Alex, der neben mir steht, und zieht mich an den gegenüberliegenden Beckenrand. Auch hier sind wir wieder alleine und Nebelschwaden ziehen über die blaue Wasseroberfläche. Der Designer des Bereichs war wohl derselbe.
»Ach ja?«, nuschle ich an seinem Ohr, denn Alex hat mich zu sich herangezogen und seine Hand unter Wasser tastet nach dem Eingang meiner Höhle.
»Oh ja«, stöhnt er auf, als er ihn gefunden hat. Ich schlinge meine Beine um seine Hüften, während er sich an den Beckenrand lehnt. Hier setzten wir unser Spiel fort. Ich will es genießen, will mich treiben lassen und ihn ein allerletztes Mal spüren. Tief in mir, auf meiner Haut, in meinem Mund und in meiner Seele. Er füllt mich komplett aus, während er uns mit sanften Bewegungen zum Höhepunkt schaukelt. Seine heiße, weiche Haut, die sich an mich schmiegt, wärmt meinen Körper, und als ich kurz vor der Explosion stehe, presse ich meinen Mund noch fester auf seinen. Ich will hier nicht schreien. Meine inneren Muskeln, die sich wellenartig zusammenziehen, veranlassen Alex dazu, sich in mir zu ergießen. Mein Herz rast, ebenso wie seines, dessen Klopfen ich spüren kann und Tränen rinnen über meine Wangen. Ich will ihn nicht aufgeben,

doch ich muss. Das ist mir in diesem Moment mehr als klar. Das Wasser läuft an meinen Wangen hinunter, vermischt sich mit meinen Tränen und ich schmiege, noch immer vereint, meinen Kopf an seinen. Ich will den Augenblick noch etwas hinauszögern. Noch einen letzten Zug aus der Zigarette, noch einen letzten Bissen vom süßen Dessert. Alex drückt mich fest an sich, als ob er spürt, dass etwas mit mir nicht stimmt. Vielleicht ergeht es ihm ja ähnlich? Vielleicht ahnt er etwas … Vielleicht …
»Ich muss mit dir reden«, beginne ich das Gespräch nach ein paar Minuten, in denen wir uns einfach nur aneinander fest geklammert haben. Die blauen Nebelschwaden hüllen uns ein, dringen in meinen Kopf und vernebeln meine Sinne. Habe ich das jetzt wirklich gesagt? Aber … ich will ihn doch nicht verlieren …
»Ja, ich weiß. Ich auch mit dir«, ist seine erstaunliche Antwort und plötzlich fühle ich tief in meiner Seele, dass ich die Notbremse ziehen muss.
»Komm, lass uns hier raus und Essen gehen. Ich glaube, ich brauche jetzt einen Drink«, fährt er fort, zieht sich aus mir zurück und ich schlucke. Gut, dass er meine Tränen nicht sehen kann.

Das Ende

Ich liege auf meinem Bett in meinem Hotelzimmer und starre schon seit einer gefühlten Ewigkeit an die Decke. Eingerollt wie ein kleiner Igel geht es mir so richtig mies. War das richtig? Musste das alles wirklich so kommen? Warum habe ich nicht einfach meinen Mund gehalten? Vor einer knappen halben Stunde haben wir uns verabschiedet und seitdem bin ich wieder frei. Bin ich das wirklich? Mein Herz sieht das jedenfalls anders. Vernünftig? Ja … vielleicht. Doch es schmerzt, als hätte man mir einen Teil meiner Seele geraubt. Es ist jetzt kurz vor zweiundzwanzig Uhr. Die Lichter auf der Promenade geben ein gelbes, milchiges Licht an die Umgebung und das Meer ist so dunkel, wie meine Seele. Warum bin ich nicht der Mensch, der einfach nur seinen Spaß haben kann? Warum muss ich mir das Leben nur selbst so schwer machen? Ich hätte doch einfach die Treffen mit Alex genießen können ... Aber mein dummes Herz musste sich ja in ihn verlieben. Warum nur? Mein Körper schüttelt sich unter einem neuerlichen Weinkrampf und ich überlege noch einmal genau, wie es dazu kommen konnte.

Nachdem wir schweigend den Wellnessbereich verlassen haben, sind wir in die Eingangshalle zurückgekehrt. Genau an jenen Tisch, an dem ich Stunden zuvor mit meiner Schwester saß und alles gut war. War es das wirklich? Ich weiß es einfach nicht mehr. Vielleicht habe ich mir auch nur etwas vorgemacht.

»Willst du auch einen Drink? Oder lieber etwas zu essen?«, fragte mich Alex, nachdem wir uns gesetzt haben. Er wieder in seiner Straßenkleidung und ich noch immer in meinem Bademantel.

»Ich brauche nichts, danke«, lehnte ich ab.

Dabei hätte ich nichts dringender gebraucht als einen Whisky. Einen? Eine ganze Flasche. Mir drehte sich der Magen und meine bleiche Gesichtsfarbe sprach wahrscheinlich Bände.

»Wie du willst. Ich bekomme jedenfalls einen Whisky. Einer geht, bevor ich wieder nach Hause fahre.«

Ich nickte und blieb stumm. Was sollte ich ihm auch vorschreiben? Unsere Beziehung war abgekühlt und das Band, das noch vor wenigen Stunden heiß zwischen uns loderte, fühlte sich so eisig an, wie die Eiszapfen an der Ostseebrücke, die ich sah. Wann war das gleich? Gestern? Es kommt mir wie eine Ewigkeit vor. »What a difference a day makes«. Dieser Satz schoss mir plötzlich in meinen Kopf und erinnerte mich an das gleichnamige Lied, das diverse Sänger und Sängerinnen besangen. Oh ja ... vierundzwanzig Stunden konnten ein ganzes Leben ändern. In meinem Fall zum Schlechten.

»Was wolltest du mir sagen?«, fragte Alex, nachdem man ihm seinen Whisky gebracht und er gezahlt hatte.
»Ich ... also ich ...«, begann ich und konnte meine Tränen nicht mehr zurückhalten. Verstohlen wischte ich sie beiseite und räusperte mich. »Ich kann so nicht weiter machen. Die Zeit mit dir war wirklich ... außergewöhnlich und ich danke dir dafür. Doch ... ich kann Emma nicht weiter hintergehen und denke, dass wir unsere Treffen beenden sollten.«
Meine Hand zitterte und mein Herz schlug so heftig in meiner Brust, dass man es durch den dicken Stoff meines Bademantels sehen musste – jedenfalls fühlte es sich so an. Alex starrte mich mit zusammengekniffenen Lippen an und nickte dann langsam.
»Ja, ich glaube, du hast Recht. Ich denke, es ist besser, wenn wir das lassen. Und ja, es war schön mit dir. Schade, dass wir uns nicht früher kennengelernt haben. Aus uns hätte echt ein schönes Paar werden können.« Er führte sein Glas zum Mund und trank langsam und nachdenklich einen Schluck der bernsteinfarbenen Flüssigkeit. Wie gerne hätte ich es ihm in diesem Moment gleichgetan.
»Ich denke aber, wir sollten weiterhin befreundet bleiben. Kommst du mit auf den Maskenball? Ich hoffe doch«, fuhr er fort und schaute mich fragend an.
In seinen Augen blitzte ein Hoffnungsschimmer auf und ich nickte zögerlich.
»Ja. Ich glaube auch, es wäre nicht gut das abzusagen. Emma würde es ohnehin nicht akzeptieren und mich zur Not an den Haaren zu der Veranstaltung zerren.« Mühsam zog ich meine Mundwinkel nach oben, doch mein Lächeln verrutschte und sah einer Grimasse gleich.
»Gut, dann wäre das geklärt. Dann sehen wir uns heute in einer Woche zum Ball. Bis dahin lasse ich dich in Ruhe. Ich glaube, es ist besser so«, nuschelte er den letzten Satz, doch ich hatte ihn gehört.
»Danke, Alex. Ja, dann bis in einer Woche«, nickte ich und erhob mich.

Ich wollte einfach nur weg hier und hemmungslos weinen – jedoch nicht in seiner Nähe. Das hätte ich nicht geschafft.
»Tschüss, kleine Anja«, raunte er leise und ergriff meine Hand ein letztes Mal.
Die Wärme seiner Hand, der Blick in seine Augen ... und mein Herz zerbarst in diesem Moment mit einem lauten Knall. In meinen Ohren dröhnte es und ich drehte mich ruckartig um. Dabei stieß ich mir das Schienbein an dem kleinen, niedrigen Couchtisch, stöhnte schmerzerfüllt auf und rannte kopflos zu den Aufzügen. Perfekter Abgang, Anja.

Jetzt, hier in meinem Zimmer, als alles noch einmal vor meinem inneren Auge abläuft, schäme ich mich in Grund und Boden. Das war nicht der Abschluss, den eine reife, erwachsene Frau zustande gebracht hätte. Das war unreif und kindisch gewesen. Bestimmt hat er über mich gelacht und war froh, mich los zu sein. Was wollte er überhaupt von mir? Sex? Dafür hat er Emma. Oder irgendeine andere Frau. Es laufen sicher genug weibliche Wesen durch die Welt, denen er seinen Schwanz noch nicht gezeigt hat. Wut macht sich in meinen Eingeweiden breit und ich richte mich auf. Ich liege hier wie das heulende Elend – und Alex? Der sitzt bestimmt bei seiner Verlobten auf dem Sofa und lässt sich verwöhnen. Auf dem schönen, weichen Ledersofa. Als mir die Erinnerungen an eben jenes Sofa wie Blitze durch den Kopf schießen, setze ich mich auf, schwinge die Beine aus dem Bett und streife den Bikini, den ich noch immer trage, von meinem Körper. Ich muss hier raus. Jetzt. Sofort. Ein Spaziergang am Meer wird mir bestimmt gut tun und mir die Gedanken vereisen. Bei Temperaturen knapp über dem Gefrierpunkt nicht unwahrscheinlich.

»Moin«, nuschelt mir ein in eine dicke Daunenjacke gehüllter Einheimischer zu, als ich ein weiteres Mal am Ende der Seebrücke stehe und auf das Meer hinaus starre. Der Wind zerrt an meiner Mütze und den Schal habe ich über Mund und Nase gezogen. Es ist wirklich scheußlich kalt hier. Am Horizont steht der Mond rund und voll und tausend Sterne blinken am Firmament. An keinem Ort dieser Welt wäre ich jetzt lieber als hier, schießt es mir durch den Kopf und das Lächeln kehrt auf mein Gesicht zurück. Es war eine wundervolle Zeit mit Alex, doch nun ist diese Episode Vergangenheit. Ich werde mir einen neuen Mann suchen – vielleicht finde ich sogar einen im Fitnessstudio? – und mein Leben in die geordneten Bahnen lenken, aus welchen es gerutscht ist. Ich bin ihm wirklich sehr dankbar, dass er mir die Welt der Erotik und Leidenschaft gezeigt hat, doch nun muss ich alleine weitergehen und neue Erfahrungen sammeln. Ob er tatsächlich so abgebrüht ist, wie ich noch vor ein paar Minuten dachte? Nein, ich glaube nicht. Er ist nur ein Mann, der seine Sexualität leben will. Sex und Liebe zu trennen, scheint für ihn kein Problem zu sein. Für mich besteht kein Zweifel, dass er Emma wirklich liebt – mit allem, was dazugehört – und dass sie ein wundervolles Paar sind. Genau aus diesem Grund will ich dieses Glück auch nicht zerstören. Wer weiß schon, ob er mit mir glücklich gewesen wäre oder ob er nicht doch wieder zu seiner Emma zurückgegangen wäre. Das Leben als Geliebte steht mir nicht und gedanklich streife ich das Korsett ab, das mich bis eben noch umschlossen hat. Ich will frei und ungezwungen sein, mein Leben genießen und meine Sexualität leben. Und wenn irgendwann ein Mann in mein Leben tritt, der mir das Gefühl gibt, etwas Besonderes zu sein und mich auf Händen trägt – so wie in diversen Liebesroman und Daily Soaps beschrieben – dann, vielleicht, werde ich auch heiraten und Kinder bekommen. Ein tiefer Seufzer entweicht meiner Kehle und der Mann neben mir, der seine Angel in das nachtschwarze Wasser gehängt hat, dreht seinen Kopf zu mir herum.

»Magst `nen Schluck?«, fragt er mich ungezwungen und streckt mir seinen Flachmann entgegen. »Wärmt von innen, Kindchen.«
Ein Lächeln schleicht sich in mein Gesicht und doch schüttle ich den Kopf.
»Danke, nein. Im Inneren ist mir wieder warm.« Und als ich die Worte ihm gegenüber ausspreche, weiß ich, dass sie der Wahrheit entsprechen. Die Kälte, die mein Herz gefangen hielt und nur durch die heißen Hände von Alex vertrieben wurde, ist verschwunden. Das Feuer in meinem Inneren beginnt ganz langsam wieder zu brennen und das Licht, das meine Seele erhellt, flackert wie in Teelicht. Noch klein und unscheinbar, aber es ist da. Das ist das Wichtigste. Mit einem Lächeln auf den Lippen, das sich in meinen Augen fortsetzt, werfe ich die trüben Gedanken über die Brüstung ins Meer, drehe mich herum und schlendere beschwingt zum Hotel zurück. Ich habe noch so viel zu tun, zu sehen und zu erleben. Die Welt wartet auf mich – hier bin ich. Anja is back.

Maskenball

»Anja, Herzchen, da bist du ja schon. Ich bin gleich fertig. Komm rein und setz dich. Die Anderen kommen bestimmt auch gleich.« Emma öffnet mir die Tür und ich betrete das Wohnzimmer.
Erinnerungen an vergangene Stunden schleichen in meinen Kopf und ich muss lächeln. Ja, es war wundervoll – doch es ist Vergangenheit. Alex begrüßt mich mit einem Küsschen auf die Wange und auch in seinen Augen sehe ich, dass er sich erinnert. Mein Blick fällt auf die Couch und demonstrativ lasse ich mich darauf nieder. Die alte Anja ist zurück.
»Willst du ein Glas Sekt?«, fragt mich Alex und seine Stimme ist so sanft wie immer.

Natürlich rinnt ein kalter Schauer über meinen Rücken und ein leichtes Pochen in meinem Schoß verrät, dass ich bereitwillig mehr mit ihm machen würde, als lediglich auf den Maskenball zu gehen. Doch ich lasse mir nichts anmerken.
»Ja, sehr gerne«, nicke ich und blicke ihm hinterher, wie er zum Küchentisch schlendert und die Flasche öffnet. Dabei lässt er seine Finger wie zufällig über die Tischplatte gleiten und ich sehe förmlich seine Gedanken. Vor einer gefühlten Ewigkeit hatte er mich dort ins Paradies gestoßen. Doch das war in einem anderen Leben, zu einer anderen Zeit. Ich lächle ihm wissend zu, als er mit dem gefüllten Glas zurückkommt und sich neben mir niederlässt. Der schwarze Anzug, den er trägt, steht ihm ausgezeichnet und betont seine pure Männlichkeit. Ein bekannter Duft weht mir in die Nase und plötzlich muss ich fieberhaft an meiner Mauer arbeiten, die er im Begriff ist, zu durchbrechen.
»Dankeschön«, hauche ich ihm zu, als er mir das Glas reicht und mit seinem eigenen anstößt.
»Auf eine schöne Zeit«, raunt er dicht an meinem Ohr und die Luft zwischen uns knistert, wie eh und je. Wie soll ich diesen Abend nur überstehen? Meine Stärke, die ich mir in der vergangenen Woche mühsam zurückgewonnen habe, droht in die Knie zu gehen.
»Ach, ihr trinkt doch nicht etwa ohne mich?« Emma taucht in diesem Moment aus dem Schlafzimmer auf und schlüpft im Laufen in ihre schwarzen Highheels.
So habe ich sie auch noch nie gesehen. Meine Kinnlade klappt nach unten und meine Augen werden Handteller groß. Wow! Ihre Haare trägt sie offen und nur einzelne Strähnen fallen lustig in ihr Gesicht. Mit ein paar glitzernden Haarnadeln hat sie die restlichen kunstvoll am Hinterkopf befestigt. Das kurze, schwarz-weiße Kleid betont ihre wundervolle Figur, die man sonst durch ihre langen, unförmigen Pullis nie richtig erkennen kann. Ihre Lippen sind zart rosa geschminkt und auch die Augen

hat sie elfengleich betont. Das ist eine neue Emma, die vor mir steht.
»Wow«, entfährt es mir und sie dreht sich zu mir herum.
»Gefall ich dir?«, fragt sie unsicher und ich stehe auf.
Mein Glas, das bereits halbleer ist, stelle ich auf dem Wohnzimmertisch ab und trete auf sie zu.
»Du siehst bezaubernd aus! Kaum wiederzuerkennen«, gestehe ich ihr und betrachte sie von allen Seiten.
Dann drücke ich sie vorsichtig an mich und sie erwidert meine Umarmung.
»Drunter trage ich übrigens die neue Spitzenunterwäsche, die ich mit Mia neulich ausgesucht habe. Mal sehen, was Alex nachher dazu sagen wird«, wispert sie in mein Ohr und ihre Haare kritzeln mich.
»Er wird sie dir vom Leib reißen«, flüstere ich zurück und drücke ihr einen Kuss auf die Wange.
In diesem Moment ist mir klar, dass meine Entscheidung, die Affäre mit ihrem Verlobten zu beenden, eine Punktlandung war. Emma ist auf dem richtigen Weg.
»Ja, mein Engel. Du siehst wundervoll aus. Ich freue mich schon auf die Nacht mir dir«, sagt Alex in diesem Augenblick und tritt auf uns zu. »Erst zwei so wunderschöne Frauen zum Tanzen ausführen und dann mit meiner Verlobten die Nacht zum Tag machen – welcher Mann wäre da nicht glücklich?«
Der Schalk sitzt ihm im Nacken und ich ziehe mich etwas zurück, um den beiden ein wenig Privatsphäre zu geben.
Als er Emma in die Arme nimmt und küsst, krampft sich mein Unterleib schmerzhaft zusammen. Verstand und Körper kämpfen noch immer miteinander, doch dieses Mal gewinnt der Kopf.
»Na, dann lasst uns auf den Abend anstoßen«, sagt Emma, nachdem sie sich von Alex gelöst hat, und ergreift das Glas Sekt, das ich ihr reiche.
»Ja, auf einen wundervollen Abend«, antworte ich lächelnd.

»Dieser Tisch dahinten ist unserer«, sagt Charly und steuert durch die Grüppchen zusammenstehender Menschen auf einen Tisch am Rande des großen Festsaals zu. Mittlerweile ist es kurz nach zwanzig Uhr und wir befinden uns in den Räumlichkeiten, in denen der Maskenball stattfindet. Alles ist festlich geschmückt und ich blicke mich fasziniert um. Diese starre schwarzweiße Maske vor meinem Gesicht, die nur meine Augen und meinen Mund freilässt, behindert mich zwar ein wenig, doch ich kann trotzdem alles erkennen. Jeder Mann in diesem Raum trägt einen schwarzen Anzug und jede Frau ein Kleid, meistens kurz und schwarz. Genau wie ich – wie einfallslos. Die Masken dagegen sind alle unterschiedlich und, wenn ich nicht wüsste, welche Masken meine Freunde tragen, würde ich sie nicht erkennen. Noch nie in meinem Leben war ich auf einem Maskenball und daher sauge ich alle Eindrücke in mich auf. Die Musik ist laut und eine Unterhaltung nur bedingt möglich.
»Du gewöhnst dich schon daran«, brüllt Emma mir ins Ohr und ich nicke. »Ich bin jetzt schon das dritte Mal auf diesem Ball, jedoch das erste Mal mit Alex. Ich freue mich so sehr«. Das Glitzern in ihren Augen unterstreicht ihre Aussage und ich lächle zurück.
Vielleicht finde ich ja hier meinen Traumprinzen? Auch wenn der Saal für ein weißes Pferd eindeutig nicht artgerecht ist. Ein weiteres Lächeln huscht über mein Gesicht und ich setze mich zu meinen Freunden an den Tisch. Das Essen, das wenig später serviert wird, schmeckt hervorragend und ist auf die Masken abgestimmt. Kleine Häppchen, niedliche Spieße und Früchte werden gereicht und ich genieße jeden einzelnen Bissen. Die Masken fallen erst gegen Mitternacht, wie mir Emma im Taxi auf dem Weg hierher erklärt hat.
»Ist ja fast wie bei Schneewittchen«, sage ich zu Mia, die neben mir sitzt und von ihrem Verlobten Tom im Arm gehalten wird, und sie lacht.

»Du meinst Aschenputtel«, verbesserte sie mich und ich nickte verlegen.
»Dann musst du aber auch deinen Prinzen finden, heute Abend. Hast du schon einen Typen entdeckt, der dir gefällt?«, raunt sie mir zu und ich schüttle den Kopf.
»Wie denn bei den ganzen Masken. Da weiß man doch nicht, wer ...«
»Darf ich bitten?« Als ob der Typ hinter uns gelauscht hätte, streckt er mir seine Hand entgegen und in seinen Augen kann ich ein Lächeln erkennen. Seine Maske verbirgt das Gesicht komplett, doch die grünen Augen, die mir entgegenstrahlen, erinnern mich irgendwie ... nein. Das ist unmöglich ... Florians Augen sind viel heller. Und was sollte mein Ex hier? Der ist in Boston ...
»Ja, gerne«, nicke ich und lasse mich von ihm auf die Tanzfläche führen.
Ich habe mich bei ihm untergehakt und sein männlicher Duft steigt mir in die Nase. Das ist eindeutig nicht das Parfum von Florian ... und doch ... irgendwas erinnert mich an ihn. Warum mir mein Ex in diesem Moment so penetrant im Geist herumschwirrt, ist mir allerdings ein Rätsel. Er hat wahrlich nichts in meinem Kopf verloren.
»Kannst du tanzen?«, fragt mich der Fremde in diesem Moment und ich nicke.
Mein Tanzkurs ist zwar schon einige Zeit her, aber ich habe schon immer gern getanzt.
»Wenn du führen kannst«, antworte ich ihm und er scheint mir erneut zuzulächeln. »Mein Name ist übrigens ...«
»Nein, nicht«, unterbricht er mich. »Die Masken fallen erst gegen Mitternacht. Bis dahin sind wir alle Unbekannte«, raunt er mir zu und ein kalter Schauer läuft über meinen Rücken.
Ganz schön verrückt diese Art des Balls. Aber bitte, wenn so die Regeln sind, dann will ich mich auch daran halten. Mein Namenloser tanzt wie ein junger Gott und wirbelt mich über das Parkett, dass ich keine Sekunde zum Nachdenken komme. Ich lasse mich ganz auf den Walzer

ein und genieße die Bewegung. Ich sollte viel öfter zum Tanzen gehen, schießt es mir durch meine Gehirnwindungen, da ist der Tanz auch schon beendet. Doch der Unbekannte lässt mich nicht los. Die nächste Stunde verbringe ich auf dem Parkett und fühle mich so leicht und unbeschwert wie schon lange nicht mehr. Nach einer gefühlten Ewigkeit, die für mich noch viel länger hätte sein können, liege ich japsend in seinen Armen. Woher dieser Mann, dessen Namen ich noch immer nicht kenne, so viel Kondition hat, ist mir unbegreiflich. Ein Profitänzer?
»Gehen wir was trinken? Ich lade dich ein, meine kleine Fee«, sagt er vertraulich dicht an meinem Ohr und Gänsehaut überzieht meinen Rücken. Er scheint genau zu wissen, was ich brauche.
Mein gehauchtes »Ja, gern«, nimmt er als Aufforderung, legt seinen Arm galant um meine Hüfte und dirigiert mich zur Bar. In der Ferne sehe ich Alex und Emma, die mittlerweile auch auf der Tanzfläche angekommen sind. Eigentlich bin ich ja mit ihnen da … aber, wenn ich den Abend, und später vielleicht auch die Nacht, mit diesem Traumtypen verbringen kann, dann ist es das wert.
»Zwei Champagner, bitte«, bestellt er beim Kellner hinter der Bar und schaut mich fragend an. »Ist dir doch recht, oder?« Wieder kann ich nur nicken.
Wann bekommt Frau schon mal Champagner? Noch dazu nicht so einen billigen Fusel aus dem Supermarkt? Genießerisch schließe ich die Augen und spüre das Prickeln auf meiner Zunge, als der erste Schluck meine Kehle hinunter läuft.
»Auf dich, meine Schöne«, sagt der Unbekannte und ich stoße beim zweiten Schluck mit ihm an. Seine Augen, das Einzige, was ich wirklich sehen kann, funkeln mich lächelnd an und ich funkle zurück.
»Wie lange ist es noch bis Mitternacht? Ich würde so gerne dein Gesicht sehen. Wie lange ist es noch bis Mitternacht?«, frage ich ihn und suche die Wand nach einer Uhr ab, werde jedoch nicht fündig.

»Eine knappe Stunde noch, Cinderella. Bist du genauso gespannt wie ich? Allerdings hoffe ich nicht, dass du nach dem Klang der Kirchenglocken die Flucht ergreifst und ich dich erst suchen muss.«
Hach, was ist dieser Typ romantisch. Meine Mauer, die ich um mein Herz gebaut habe, beginnt zu bröckeln. O.k., sie war nicht wirklich dick, aber dieser Typ schafft es, sie mit seinen Worten zu torpedieren. Vielleicht ist er wirklich der Typ mit dem Pferd?
»Hast du ein Pferd?«, will ich spaßeshalber wissen und er nickt.
»Ja, habe ich. Ich bin dein Prinz, sagte ich das schon?«
Oh ja ... er ist wahrlich ein Prinz. Ganz egal, ob er wirklich einen Gaul besitzt oder nur ein Schaukelpferd. Er weiß, wie man eine Frau – mich – um den Finger wickelt. Schmachtend stöhne ich auf.
»Aber nicht hier, sondern auf meinem Gut in den USA. Ich weiß, das klingt etwas hochtrabend, aber es ist so. Nach Mitternacht zeige ich dir Bilder. Sie sind auf meinem Tablet. Einverstanden?«, fährt er fort und ich hänge an seinen Lippen.
Wie ein Ami redet mein neuer Freund zwar nicht, aber ... Na gut, wenn er mir Bilder zeigen will, dann gerne. Früher war es die Briefmarkensammlung, heute sind es Bilder auf dem Tablet. Wie sich die Zeiten ändern ...
Ein weiteres Glas des prickelnden Inhaltes läuft meine Kehle hinab und der Alkohol macht sich in meinen Adern breit. Alles fühlt sich so leicht und beschwingt an. Keinen Gedanken verschwende ich mehr an Alex und Emma. Wo sind sie überhaupt? Aber eigentlich ist mir das in diesem Moment, als der Unbekannte meine Hand ergreift und sie sanft streichelt, vollkommen egal. Seine Finger malen über die Innenfläche und die Schmetterlinge, denen ich vor einer Woche Flugverbot erteilt habe, melden sich zurück. Bin ich so leicht zu beeinflussen? Normalerweise nicht ... und doch geht von diesem Mann ein Zauber aus, den ich nicht beschreiben kann. Er fühlt sich vertraut an. Als hätte ich bei ihm ein

neues Zuhause gefunden. In meinem Kopf dreht sich alles und ich muss dringend zur Toilette.
»Bin gleich wieder da. Nicht weglaufen«, nuschle ich vergnügt und rutsche vom Barhocker. Dann streiche ich unbeholfen mein Kleid glatt und steuere auf den Ausgang zu. Dort habe ich vorhin das Schild mit den Nullen gesehen. Und richtig – wenige Minuten später stehe ich mir selbst gegenüber und ziehe die Maske von meinem Gesicht. Meine Haut ist rot, meine Wimperntusche etwas verlaufen und mein Lippenstift verschwunden. Schweiß rinnt mir über die Stirn und ich bin froh, dass wenigstens meine Kurzhaarfrisur noch hält. Was ist nur mit mir los? Irgendwas stimmt hier nicht. Doch bevor ich mir darüber klar werden kann, höre ich ein bekanntes Kichern und Emma, mit Mia im Schlepptau, betritt den Raum.
»Anja, Schätzchen. Da bist du ja«, lächelt mich Emma an, während sie sich ihre Maske vom Gesicht zieht. Auch sie sieht darunter nicht besser aus. Wie beruhigend.
»Musst du auch Restaurierung betreiben? Ich sag's dir … Alex ist so ein begnadeter Tänzer …« Sie stöhnt auf und ich seufze innerlich mit.
»Wenn er genauso gut tanzt, wie der sich im Bett bewegt, dann wundert mich das nicht.« Die Worte verlassen meinen Mund, ehe ich es verhindern kann. Ups!
»Oh ja, das tut er«, kichert Emma. »Nachher will er es mir beweisen, hat er gesagt. Wir üben nämlich für ein kleines Bündel Mensch, hat er gesagt«.
»Na, wenn er das gesagt hat«, kichere ich und beginne mir kaltes Wasser ins Gesicht zu schaufeln. Emma hat keinen Verdacht geschöpft. Gut so. Ich muss besser auf meine Worte achten … aber irgendwie … Ach, ist ja auch egal. Es ist vorbei mit Alex und das ist gut so.
»Du scheinst dich aber auch gut zu amüsieren, was, Herzchen? Zumindest macht es den Anschein. Wer ist denn der Fremde? Der sieht richtig gut aus. Also zumindest das, was man erkennen kann. Der Anzug steht ihm jedenfalls.«

»Ja, das tue ich«, nicke ich Emma und Mia, die bisher kein Wort gesagt hat, zu und drehe den Wasserhahn zu.
»Und genau deswegen kehre ich nun zu ihm zurück. Wahrscheinlich fahre ich auch nachher mit ihm nach Hause.«
Gut, das ist bisher nur eine Vermutung, aber mich reizt es so sehr, die Worte auszusprechen, da ich genau weiß, dass sie Alex erreichen werden. Ob er dann vielleicht eifersüchtig wird? Oder ob es ihm egal ist? Ich seufze erneut innerlich auf und verlasse, mit meiner Maske auf dem Gesicht, das stille Örtchen.

Weitere Gläser Schampus verwandeln mein Blut in prickelnden Alkohol, der durch meinen Körper fließt und meine Sinne umnebelt. Wie viele Gläser es inzwischen sind, weiß ich nicht, denn nach dem dritten habe ich aufgehört zu zählen. Meine Schmetterlinge finden es allerdings höchst anregend und fliegen Pirouetten in meinem Magen. Ein watteweiches, flauschiges Gefühl hüllt mich ein und ich genieße die ungeteilte Aufmerksamkeit, die mir mein Begleiter schenkt. Keine Sekunde weicht er von meiner Seite und unterhält mich bestens. Ich kichere, flirte mit ihm und benehme mich wie ein pubertierender Teenager. Ich liebe es! Das ist Leben – genau SO sollte es immer sein. Kurz vor Mitternacht wird die Musik leiser, die Menschen stoppen ihre Unterhaltungen und eine fast schmerzhafte Stille senkt sich auf den Raum.
»Jetzt ist es soweit«, raunt mir mein Unbekannter zu und ich kann nur nicken.
Meine Hände sind feucht, mein Herz rast und mein Unterleib pocht. Ich will ihn sehen, spüren und fühlen. Am besten sofort! Meine Geduld ist fast zu Ende und ich bin froh, wenn die Masken fallen. Gleich werde ich wissen, wie dieser Mann wirklich aussieht. Wenn sein Aussehen nur annähernd so strahlend ist, wie sich sein Charakter bisher gezeigt hat, dann habe ich keine Bedenken. In wenigen Augenblicken werde ich erfahren,

ob er mein Traumprinz ist und ich wirklich die Nacht mit ihm verbringe.
»Darf ich dich um etwas bitten?«, flüstert er mir ins Ohr und streift dabei, wie aus Versehen, meinen Hals. Jetzt, in diesem Moment, in dem ein Stromschlag meinen Körper durchzieht, würde ich zu allem »ja« sagen. Daher nicke ich nur. Ob er mich gleich um diese Nacht bittet? Oh ja! Ich will dich ...
»Wenn wir gleich unsere Masken ablegen, dann möchte ich dich bitten, die Augen zu schließen und mir noch ein paar Sekunden deiner ungeteilten Aufmerksamkeit zu schenken. Vertraust du mir?«
Wieder nicke ich ganz automatisch. Ich liebe dieses Spiel und in meinen unteren Regionen ist es bereits wieder so weit. Ich will ihn! Ganz egal, wie er unter seiner Maske aussieht.
»Drei, zwei, eins ...«, zählt die Masse, die Musik setzt wieder ein, das Gemurmel der Menschen um mich herum nimmt zu, doch ich halte die Lider geschlossen.
Ich fühle seine Hände auf meinen Wangen, als er mir behutsam die Maske abnimmt. Ich spüre sein Gesicht sehr dich an meinem und rieche seinen Duft. Jetzt ... seine warmen, weichen Lippen legen sich auf meine und mein Mund öffnet sich ihm. Seine rechte Hand hält meinen Hinterkopf und seine linke hat er auf meinen Oberschenkel gelegt. Zärtlich streift seine Zungenspitze über meine Lippen und dringt dann in mich ein. Er schmeckt nach prickelndem Schampus, heißem Verlangen und männlicher Erotik. Die Mischung macht mich fast wahnsinnig. Ich gebe mich seinem Kuss hin und schlinge meine Arme um seinen Hals. Ja, es ist irgendwie fremd und doch so vertraut. Fast, als hätte ich meine Heimat gefunden, die ich schon so lange suche. Noch immer dringt das Stimmengewirr an meine Ohren, doch es klingt für mich wie das Läuten der Kirchturmglocken. Alles ist gut!
Nach einer schillernden Unendlichkeit kehre ich in die Wirklichkeit zurück, als seine Lippen sich langsam von

meinen lösen. Noch immer sind meine Augen geschlossen. Ob ich sie jemals wieder öffnen will? Hier, im Land meiner Fantasie, in dem es auch Prinzen mit weißen Rössern gibt, fühle ich mich wunderbar geborgen.

Doch die Realität ist unbarmherzig. Als ich meine Augen öffne und das Gesicht vor mir erblicke, krampft sich meinen Magen zusammen. NEIN! Das kann nicht sein … das ist …
»Hallo Anja, mein Liebling. Schön, dich zu sehen.«
Ich bin so geschockt, dass ich kein Wort über meine Lippen, die von unserem sinnlichen Kuss noch immer heiß geschwollen sind, zwingen kann. Ich träume. Das kann nur ein Traum sein! In Wahrheit liege ich in meinem Bett und …
»Ich freu mich auch, dich zu sehen«, sagt Florian dicht an meinem Ohr und erneut läuft mir eine Gänsehaut über den Rücken.
»Du?«, presse ich endlich mühsam hervor und er nickt.
»Ist das nicht ein wundervoller Zufall? Du und ich hier, gemeinsam? Zwei Seelen, die sich lieben, werden immer wieder zueinanderfinden«, flirtet er theatralisch und mein Herz hämmert wie wild in meiner Brust.
Ah ja? Tun sie das? Ich kann es noch immer nicht begreifen.
»Aber was machst du hier? Wie … woher …?«, stammle ich und er streichelt weiter meine Wange.
Will ich das überhaupt? Was will ich wirklich? Aufspringen? Ihm ins Gesicht schlagen? Mich in seine Arme kuscheln und hemmungslos weinen? Meine Gefühle kämpfen miteinander und noch ist nicht sicher, welches gewinnen wird.
»Ich kann dir alles erklären, Darling, wenn du mir die Chance dazu gibst«, raunt er mir zu und ich nicke.
Ja, eine zweite Chance hat jeder verdient – das war schon immer mein Lebensmotto.

»Warum bist du hier? Warum siehst du so anders aus als damals? Warum ...?«, feuere ich meine Fragen auf ihn ab und drücke meinen Rücken durch.

Die Schmetterlinge haben Pause. Ganz eindeutig. Wenn jetzt keine vernünftige Antwort kommt, dann bin ich weg.

»Ich hatte in den vergangenen zwei Jahren viel Zeit zum Nachdenken, Anja Darling. Ich habe mich geändert, wie du siehst. Die Zeit in Boston hat mir gut getan und ich bin nun zurückgekehrt, um dich um Entschuldigung zu bitten. Ich weiß, mein Verhalten war damals grausam und ich habe dich sehr verletzt. Ich hoffe, du gibst mir noch eine zweite Chance und lässt mich alles wieder gutmachen. Ich liebe dich, mein Herz, und ich werde dich nie wieder verlassen.«

Seine Worte tropfen wie Honig in mein Gehirn und ich muss schlucken. Meint er das alles ernst? Ich würde ihm so gerne glauben. Er ist zurück! Wird jetzt alles gut? Er war meine erste, große Liebe und ich habe ihn nie wirklich vergessen können. Bis heute nicht. Und jetzt steht er plötzlich vor mir und bittet mich um Entschuldigung? Alles hätte ich erwartet – das jedoch nicht. Und dennoch – irgendetwas in mir will ihm glauben, will ihm vertrauen und will ihn mit wehenden Fahnen in meinem jetzigen Leben begrüßen. Zumindest für heute Nacht. Seine Augen sind auf meine geheftet und er starrt mich an.

»Hast du Kontaktlinsen?«, ist die erste Frage, die sich über meine Lippen wagt.

Er lacht laut auf und die Spannung fällt sichtlich von ihm ab. »Ja, mein Herz. Ich habe Kontaktlinsen. Die Brille war nicht mehr zeitgemäß. In Boston habe ich viel über Lifestyle gelernt. Und übrigens, das mit dem Pferd stimmt wirklich. Ich habe ein Foto von ihr. Eine weiße Stute. Magst du sie sehen?«

Ich nicke. Also ist er der Traumprinz auf dem Pferd? Der Mann, der mich wie Cinderella beim Tanzen verführt? Ist ja fast wie in einem modernen Märchen und fürchterlich

kitschig. Na und? Ich liebe Kitsch. Und ich liebe ihn! Habe ich schon immer und werde ich immer. Dessen bin ich mir in diesem Moment sicher.
»Na, wer ist denn der hübsche, junge Mann an deiner Seite?« Die schneidende Stimme reißt mich aus meinen Gedanken und ich löse meinen Blick von Flo.
»Ach Alex, du ... Darf ich vorstellen? Florian, mein Ex-Freund.«
Florian reicht Alex die Hand und beide blicken sich wie zwei Kampfhähne in die Augen. Ist Alex eifersüchtig? Was Florian wohl denkt?
»Aha, Ex-Freund. Und er ist durch Zufall hier? Sollte er nicht eigentlich in Boston sein? War da nicht was?« Alex' Stimme ist eiskalt.
Was hat das zu bedeuten? Gönnt er mir mein Glück etwa nicht?
»Stimmt, sollte ich. Aber ich bin zurückgekehrt, um mich bei meiner großen Liebe zu entschuldigen. Was dagegen? Bist du mit ihr zusammen? Alex?«
»Nein, habe ich nicht«, knurrt mein Ex – Liebhaber meinen Ex – Freund an und ich kann die aufgeladene Stimmung zwischen ihnen fast greifen. Wenn ich nicht bald etwas unternehme, dann schätze ich, eskaliert das hier. Das wäre für keinen von uns sonderlich gut.
»Komm Flo. Du wolltest mir doch das Pferd zeigen, richtig?« Florian nickt und starrt Alex noch immer hasserfüllt an.
»Ja, mein Herz. Das werde ich. Mein Hotel liegt hier gleich nebenan. Darf ich dich in meine Gemächer einladen? Dann kann ich dir beweisen, was sich in meinem Leben noch alles geändert hat.« Ruckartig zieht er seine Hand aus Alex' zurück, dreht seinen Kopf und zwinkert mir zu.
Oha. Florian will mit mir ins Bett? Das wollte er während unserer Beziehung nur selten – und wenn, dann war meistens ich es, der ihn glücklich machte. Sollte sich das geändert haben? Irgendwas in mir drängt mich dazu, ihm zu folgen und so zu testen, ob er so gut wie Alex ist.

Vielleicht sogar noch besser? Vielleicht der Mann, der mich wirklich liebt und dessen Ring ich tragen will? Erneut schlägt meine Fantasie Wellen und ich greife nach seinem Arm.
»Ja, lass uns gehen. Wir sehen uns, Alex? Sag Emma schöne Grüße. Ich melde mich.« Damit beuge ich mich zu ihm und hauche ihm ein Küsschen auf die Wange.
»Pass auf dich auf! Und wenn was ist, dann melde dich! Mein Smartphone ist an! Hörst du!?« Wie eine Schlange zischt er die Worte in mein Ohr, in denen Angst, unterdrückte Wut und Sorge um mich zu erkennen sind.
»Ich trau dem Typen nicht. Seine Augen sind so ...«
»Ja, ich kann schon auf mich selber aufpassen. Ich bin schon groß, weißt du«, gebe ich zurück und funkle ihn böse an.
Was ist denn in ihn gefahren? Will er mir meinen Spaß verderben? Ich bin stark. Kein kleines Mäuschen. Ich weiß, was ich will, verdammt. Und heute Nacht will ich Florian. Ich kenne ihn und weiß, worauf ich mich einlasse. Hoffe ich zumindest.
»Komm wir gehen«, sage ich hocherhobenen Hauptes, rutsche von meinem Barhocker, schütte den letzten Schluck meines Champagners in mich hinein und wenig später verlassen Florian und ich den Saal.

Entzaubert

»Möchtest du auch noch einen Drink?«
Florian steht an der Minibar in seinem Hotelzimmer und greift nach einer kleinen Flasche Sekt. Das Etablissement, in dem wir uns befinden, ist eines der billigsten Hotels in der Stadt. Der Raum ist winzig, mit nur einem Doppelbett und einer minimalen Waschgelegenheit ausgestattet. Aber wenigstens ist es sauber – soweit ich das beurteilen kann. Viel hat die kleine Bar – wenn man den uralten Kühlschrank, der nur Sekt, Bier und deinen

Softdrink enthält, überhaupt so nennen kann – zwar nicht zu bieten, doch ich nicke. Ja, einen Schluck will ich noch haben. Ich habe Angst. Diese unbestimmte Art von Angst, die mich bereits seit einigen Tagen immer wieder heimsucht und die ich nicht zuordnen kann. Aber ich bin entschlossen, ihm eine zweite Chance zu geben und wenn ich schon hier bin, dann kann ich es auch genießen. Basta. Wie lange habe ich auf diesen Moment gewartet? Wie oft habe ich mir das Wiedersehen ausgemalt, wenn ich weinend in meinem Bett lag und das Schicksal für grausam hielt? Doch so habe ich es mir nie vorgestellt. Das Schicksal, oder wie auch immer man das hier nennen mag, ist schon manchmal komisch.
»Wie ist es dir denn ergangen in den letzten zwei Jahren?«, beginne ich das Gespräch, als Flo sich neben mich auf die Bettkante setzt und mir ein Zahnputzglas mit dem sprudelnden Inhalt reicht.
»Sorry, ist zwar nicht standesgemäß für dich, Prinzessin, aber etwas Anderes scheinen sie in diesem Laden nicht zu haben«. Er lächelt entschuldigend und ich zucke mit den Achseln.
»Macht doch nichts. Dankeschön. Aber nun erzähl, wie war es?« Ich will schließlich nicht zickig erscheinen.
»Ich habe meinen Traum verwirklicht und in Boston bei meinem Freund John gearbeitet. Das weißt du noch, oder?« Ich nicke.
Ja, das stand vor knapp zwei Jahren, als ich das erste und einzige Mal nach ihm gesucht hatte, im Internet.
»Danach habe ich mich selbstständig gemacht und jetzt bin ich Besitzer einer kleinen Farm am Rande der Stadt. Vielleicht zeige ich sie dir eines Tages, wenn du willst.«
Wieder nicke ich. Ja, vielleicht gehe ich wirklich mit ihm nach Boston, wer weiß schon, was die Zukunft bringt. Ein leichtes Kribbeln macht sich nun in mir breit. Er ist so anders und doch so vertraut. Ist es ein Spiel, das er mit mir spielt? Noch immer kann ich nicht verstehen, was das Ganze hier soll.

»Aber nun lass uns nicht weiter von der Vergangenheit reden. Ich will die Gegenwart genießen. Mit dir, mein Engel.« Mit diesen Worten beugt er sich zu mir herüber und küsst mich auf den Hals.
O.k., er will mich also verführen. Etwas plump vielleicht, und dennoch weiß er noch immer genau, wo sich mein »Anschaltknopf« befindet. Noch halte ich mein Glas Sekt, das mich gerade immens stört, da es mich in meiner Bewegungsfreiheit beeinflusst, in der Hand. In einem Zug leere ich es – es schmeckt nicht annähernd so gut wie der Champagner – und stelle es auf das kleine Nachtkästchen. Flo lässt seine Hand über meinen Oberschenkel gleiten und seine Zunge befindet sich in meinem Ohr.
»Aber ... wolltest du mir nicht die Bilder von deinem Pferd zeigen?«, versuche ich ihn abzulenken, da mich seine Gegenwart irgendwie kein bisschen erregt, so sehr ich es versuche.
»Können wir das nicht nachher ...?«, raunt er mir mit tiefer Stimme zu und drückt sich noch fester an mich.
Nein, können wir nicht. Leider hat mich mein Mut verlassen und ich will das mit Florian nicht. Doch wie komme ich hier raus? Noch einmal versuche ich es mit Ablenkung und erhebe mich vom Bett.
»Ach, komm schon. Ich würde zu gerne sehen, wie du auf einem Pferd aussiehst. Und vielleicht auch das Gut, in dem du jetzt wohnst?« Mir ist es ein dringendes Bedürfnis zu erkunden, ob er mir wirklich die Wahrheit sagt.
Da er merkt, dass ich noch nicht bereit bin, seufzt er genervt auf, geht zu seiner geöffneten Reisetasche und zieht ein Tablet heraus. Dann lässt er sich wieder auf das Bett sinken und klopft mit der Hand auf den Platz neben sich.
»Also gut. Wie du willst. So, wie ich dich kenne, gibst du ohnehin keine Ruhe. Also, dann schau mal hier.« Mit flinken Fingern tippt er den Zahlencode ein. »1-3-0-1«

Das Datum, an dem wir uns vor so vielen Jahren kennenlernten. Ist das ein Zufall?

»Hier, schau«, sagt er und reicht mir das Gerät. »Das da bin ich mit meinem Pferd. Und das da«, er blättert weiter, »das ist der Hof und die Umgebung.« Wie gebannt starre ich auf die Bilder und versuche ihn zu erkennen. Die Fotos sind grauenhaft und irgendetwas an ihnen macht mich stutzig. Das ist doch nicht Florian, oder? Doch ich will ihm meine Bedenken in diesem Moment nicht mitteilen. Eine innere Stimme rät mir dringend davon ab.

»So, das war's«, sagt er auf einmal und will mir das Gerät entziehen. Aber ich habe schon weitergeblättert ... und erstarre. Das Hotel, das sich mir nun zeigt, kenne ich doch.

»Nein! Lass mich schauen!«, fahre ich ihn an und sein Körper, der eben noch so entspannt neben mir lümmelte, richtet sich auf. Hat er was zu verbergen? Hastig fliegen meine Finger weiter über das Display und ich erkenne ... MICH! Mich, wie ich am Tisch sitze und mich umblicke. In jenem Hotel an der Ostsee. Plötzlich ist alles wieder da. Meine Angst, meine Unsicherheit und das Ziehen im Magen, als ich damals, kurz vor dem Abendessen, das Gefühl hatte, beobachtet zu werden. Und ich entdecke noch weitere Bilder. Ich, zusammen mit meiner Schwester im Schwimmbad, im Ruheraum und in der Eingangshalle, wo ich ihr von dem Maskenball erzählt habe. Aha, daher weiß er es also. Aber es wird noch schlimmer. Ich sehe mich, wie ich Alex begrüße und gemeinsam im Schwimmbecken ... Wie paralysiert starre ich auf die Bilder und kann nicht begreifen, was ich da sehe. Mein Herz hämmert, kalter Schweiß steht auf meiner Stirn und ich beginne, am ganzen Leib zu zittern.

»Na super. Ich wollte es dir eigentlich ersparen, Darling, und hatte gehofft, dass du ...«, beginnt er langsam, mit zischender Stimme, und greift nun doch nach seinem Tablet. Ich habe genug gesehen und halte es nicht länger verkrampft in meinen Händen.

»Was ist das?« Eigentlich will ich ihn anbrüllen, will ihn mit seinem Scheiß Gerät grün und blau schlagen – jedoch nichts davon passiert. Ich sitze auf seinem Bett und alles in mir schreit, dass ich das Zimmer so schnell wie möglich verlassen sollte. Doch ich kann nicht. Mein Körper gehorcht nicht mehr.
»Was das ist? Das, meine liebe Anja, ist der Beweis, dass du mit diesem Schönling – na, sagen wir mal – gefickt hast. Das dürfte dir wohl nicht entfallen sein, oder? Ich habe euch gesehen und es für die Nachwelt festgehalten.«
»Warum?« Tränen der Wut und der Verzweiflung schießen in meine Augen und ich kann sie nicht zurückhalten.
»Warum?«, lacht er auf, doch es klingt kein bisschen humorvoll. Eher wie das Lachen einer Hyäne. »Damit ich ein Mittel gegen dich habe, das dich zu meiner Sklavin macht. Ganz einfach. Ich will dich, Herzchen, aber du hast dich von mir entfremdet. Auf die charmante Art kann ich ja offenbar bei dir nicht landen. Dabei sehne ich mich so sehr nach einem Blowjob von dir. Weißt du, keine der Huren, mit denen ich zusammen war, konnte das so gut wie du. Also geh ans Werk! Dann behalte ich meine Bilder für mich und die tolle Emma wird sie nicht zu sehen bekommen. Ich denke, das ist auch in deinem Interesse, oder?«
Mir fehlen die Worte. Ich kann einfach nicht fassen, was ich in diesem Moment zu hören bekomme. Das ist ein Scherz, oder? Das kann nur ein Witz sein. Oder ein Traum. Vielleicht liege ich ja in meinem Bett und träume nur von …
»Was ist jetzt? Schau nicht so dämlich. Ich will endlich schlafen. Und dazu brauche ich deinen Mund. Los jetzt.«
Langsam drehe ich mich zu ihm herum und schaue ihm in die Augen. Ich will so viel sagen, will schreien, will heulen – doch nichts passiert. Hass und Gleichgültigkeit schlagen mir entgegen und von der Wärme, die ich noch vor wenigen Stunden darin zu sehen glaubte, ist nichts

mehr übrig. Diese Bewegung scheint für Flo das Zeichen zu sein, dass ich nun bereit für seine Art der Liebe bin, denn er lässt seine Hände über meine Schultern, meinen Bauch bis hin zum Saum meines Kleides wandern.

»Zieh das Ding aus, ich will dich ganz sehen«, raunt er mir ins Ohr und ich folge mechanisch seinen Anweisungen. Es ist, als würde er an unsichtbaren Fäden ziehen, die mich führen. Ich kann mich nicht wehren.

»Tu es, dann erfährt keiner davon! Du willst doch nicht das Leben von deinem Alex ruinieren, oder? Wenn die Affäre mit dir ans Licht kommt, ist die kleine Emma bestimmt ganz traurig.« Seine Worte hallen in meinem Kopf und ich nicke. Ja, er hat recht. Ich tue das alles nur für Alex. Und Emma. »Und sei nicht so prüde! Zeige mir, dass du das auch willst! Damit ich dir glauben kann, dass du mich noch immer so liebst wie ich dich. Wenn ich daran zweifeln sollte, dann … ach, wie schnell sind so ein paar Fotos verschickt.«

Mir dreht sich der Magen und bittere Galle schießt in meinen Mund. Ich muss es tun! Ich muss …!, sage ich stumm als Mantra vor mich hin. Widerwillig erhebe ich mich, streife das Kleid über meinen Kopf und die Strumpfhose nach unten. Dann ziehe ich die Stiefel aus und stehe wenig später in weißen Spitzendessous vor ihm. Sein Grinsen wird immer breiter und fast meine ich, Speichel aus seinem Mund fließen zu sehen. Er erscheint mir eher wie ein hungriges Raubtier, so wie er da sitzt.

»Gleiches Recht für alle«, fordere ich ihn auf, obwohl ich das nicht will – doch ich weiß, dass er darauf wartet – und beginne, sein Hemd aufzuknöpfen. Das habe ich in meinem früheren Leben schon oft getan – bei Florian! Ich kenne schließlich meinen Ex – doch es fühlt sich so falsch an. Nachdem ich Florian seiner Kleidung entledigt habe und er nur noch in schwarzen Boxershorts vor mir sitzt, betrachte ich ihn endlich etwas genauer. Vertrautes mischt sich mit Neuem und ich kann diesen Typen, der einmal meine große Liebe war, nicht mehr erkennen. Früher hatte er einen kleinen Bauch, kinnlange, braune

Haare und kleine Kringellöckchen am ganzen Körper. Davon ist heute nichts mehr zu sehen. Seine Frisur ist kurz und gepflegt und an seinem Körper ist jegliches Haar verschwunden. Ebenso wie der Bauchansatz, ja er wirkt irgendwie hager und auch seine Brille hat er durch farbige Kontaktlinsen ersetzt. Was ist mit dem Mann passiert, den ich einst so geliebt habe? Dieser Typ ist ein anderer – eindeutig!
»Du bist so schön! Noch viel schöner als damals«, holt mich seine Stimme in die Realität zurück und ich werde mir bewusst, dass auch ich mich verändert habe. Auch meine langen Haare sind der Schere zum Opfer gefallen und meinen Körper habe ich gut trainiert. Menschen können sich scheinbar doch ändern. Nicht nur äußerlich und nicht nur zum Guten.
»Tu es! Jetzt!«, befielt er mir und spreizt seine Beine. Angewidert lasse ich mich auf die Knie sinken und sein Grinsen wird noch eine Spur breiter. Schnell entledigt er sich auch noch des letzten Stückchens Stoff und seine erigierte Männlichkeit streckt sich mir fordernd entgegen.
Der Sekt drängt sich meine Speiseröhre hinauf und ich zwinge ihn vehement zurück. Vielleicht war das letzte Glas doch nicht so sinnvoll. Aber egal. Da muss ich jetzt durch. Wie gewohnt übernimmt mein Körper die Vorherrschaft und ich beginne mein Spiel. Tausend Gedanken drehen sich in meinem Kopf und plötzlich befinde ich mich wieder im Schlafzimmer mit Florian und sehe, wie er seine Tasche packt. Ein mulmiges Gefühl schnürt meinen Hals zu und ich muss würgen. Florian stöhnt unter mir, ich solle nicht aufhören, packt meinen Kopf und drückt ihn wieder über seinen Schwanz. Widerwillig greife ich danach und falle dabei komplett in alte Verhaltensmuster zurück. Plötzlich bin ich wieder das kleine, unscheinbare Mädchen, das Florian vor knapp zwei Jahren verlassen hat. Das Mädchen, das keine Liebe bekommen, sondern nur immer wieder einen Job zu erledigen hatte. Tränen

schießen mir aus den Augen und ich kämpfe verzweifelt dagegen an. Florian bewegt sich immer stärker und seine Hand auf meinem Hinterkopf führt meinen Kopf ganz automatisch. Warum nur kann ich nicht aufhören? Warum …? In diesem Moment ergießt sich der Samen meines Ex-Freundes in meinen Mund und ein kalter Schauder des Ekels läuft über meinen Rücken. Mühsam entwinde ich mich seiner Hand, krabble vom Bett und verschwinde eilig im Bad. Unter Würgen und Spucken entledige ich mich des klebrigen Samenergusses in meinem Mund, der sich zusammen mit dem billigen Sekt ins Klo verabschiedet. Noch immer rinnen Tränen meine Wangen hinunter und ich lasse mich auf dem Boden nieder. So tief wollte ich nie wieder sinken - und nun bin ich doch hier. Ich muss hier raus! Endlich alles hinter mir lassen. Entschlossen spüle ich noch einmal meinen Mund aus, fahre mir mit den Händen durch die Haare und öffne die Badezimmertür. Florian hat sich zusammengerollt und schnarcht in den höchsten Tönen. Flink streife ich meine Kleidung über und verlasse frustriert das Hotel. Noch im Gang ziehe ich mein Smartphone heraus und wähle die Nummer des hiesigen Taxiunternehmens.

»Cinderella! Pah!«, schimpfe ich leise vor mich hin, während ich auf der Straße stehe und auf mein Taxi warte. »Das habe ich mir aber auch komplett anders vorgestellt! Wie kann man nur so dämlich sein? Ich bin ja selber schuld! Warum habe ich das nur gemacht?« Die Worte, die ich vor mich hin brabble, beruhigen mich ein wenig und machen mir die ganze Situation bewusst. Wie kam der Typ überhaupt auf den Ball? Woher wusste er, dass ich das war unter der Maske? Nur aufgrund der Bilder, die er geschossen hat? Hat er mich die auch die letzten Jahre überwacht? Oder erst seit dem Moment im Hotel an der Ostsee? Wie lange spioniert er mir schon nach? Und, zum Teufel, warum? Tausend Fragen drehen sich in meinem Kopf und mir ist schwindelig. Noch

immer schmecke ich den erbrochenen Sekt zusammen mit seinem Erguss auf meiner Zunge. Wenn dies jetzt einer meiner kitschigen Liebesroman wäre, dann würde in genau diesem Moment ein Typ auf einem Pferd vorbei reiten und mich retten. Oder das Hotel, in dem Florian schläft, würde abbrennen oder ... aber das hier ist keiner meiner Romane und es geschieht auch kein Wunder. Nicht einmal das Taxi, das ich bereits vor einer gefühlten Ewigkeit bestellt habe, lässt sich blicken. Ich ziehe mein Smartphone erneut aus der Tasche. Vielleicht habe ich ja einen Rückruf des Taxiunternehmens verpasst? Doch anstatt einer Telefonnummer sehe ich das Symbol, dass eine Nachricht eingegangen ist. Von Alex.
»Hi Süße. Mache mir Sorgen. Ist alles klar bei dir? Bitte melde dich, wenn du kannst. LG, Alex«. NEIN! Es ist nicht alles in Ordnung. Gar nichts ist gut! Die Schleusen öffnen sich und ich breche weinend zusammen. Gerade noch kann ich die Wahlwiederholung drücken.
»Alex? Ich brauche dich! Hilf mir!«, schluchze ich in den Hörer.
»Wo bist du? Ich komme!« Ist seine einfache Antwort und ich nenne ihm meinen Aufenthaltsort. »Rühr dich nicht. Bin gleich da!«

Freiheit

»Anja, Süße! Steh auf. Du holst dir doch den Tod. Komm mit mir«.
Plötzlich fühle ich eine Hand auf meiner Schulter, und als ich aufblicke, sehe ich Alex vor mir stehen. Wie ... wo kommt er denn so schnell her?
»Entschuldige bitte, dass es so lange gedauert hat, aber ich habe Emma noch zuhause abgesetzt. Sie war müde und ... Anja?«
Noch immer schaue ich mit großen Augen zu ihm auf. Mein Geist hat sich komplett verabschiedet und ich bin

in so etwas wie eine Trance gefallen. Mein Körper zittert wie Wackelpudding auf einer Rüttelplatte und ich kann mich nicht bewegen. Jedes Körperteil scheint eingeschlafen zu sein und jegliches Blut ist aus meinen Gliedmaßen gewichen. Ich fühle mich, wie ein Eiszapfen. Ganz behutsam legt Alex seinen Mantel um meine Schultern, und als mich der bekannte Duft seines Parfums einhüllt, komme ich langsam wieder zu mir. Hilfe. Endlich ist Alex da. Er wird mir helfen. Erneut schießen mir Tränen in die Augen und ich schluchze hemmungslos. Meine Augen sind vom Weinen geschwollen und ich kann kaum meine Umgebung erkennen. Doch Alex hebt mich hoch, als würde ich nichts wiegen, trägt mich zu seinem Auto, öffnet die Wagentür und lässt mich sanft auf den Beifahrersitz gleiten. Dann sprintet er um den Wagen herum, lässt sich auf den Fahrersitz fallen und schaltet den Motor ein. Die Heizung springt sofort an und in Windeseile ist es im Wagen warm. Doch ich bin so durchgefroren, dass ich noch immer zittere.

»Erzähl mir, was passiert ist? Was hat dieses Arschloch mit dir angestellt?«

Ich schlucke und muss mich räuspern. Wasserfallartig rinnen die Tränen stetig aus meinen Augen und meine Zähne klappern aufeinander. Erst nach ein paar Minuten bin ich in der Lage, die Situation zu schildern, die mir widerfahren ist. Alex wird immer blasser und seine Hände krampfen sich um das Lenkrad.

»Das hat er nicht getan?! Er hat dich nicht gezwungen ... Oh Anja, Süße. Ich werde ... ich werde ... oh, ich werde ihn ...« Seine Wut ist unbeschreiblich und er atmet ein paar Mal tief durch. »Ich werde jetzt in dieses Zimmer gehen und mir den Kerl schnappen. Warte hier. Ich erledige das und dann bringe ich dich nach Hause.«

»Aber ... was willst du denn ...?«, stottere ich leise, doch er lässt meinen Widerspruch nicht gelten.

»Zimmer 36, ja? Na, der wird sein blaues Wunder erleben.«

Ich habe keine Chance, Alex zurückzuhalten. Aber will ich das überhaupt? Ich habe keine Kraft zum Denken oder Handeln. In meinem Kopf herrscht pechschwarze Leere und ich versuche, mich zu konzentrieren, um das Zittern unter Kontrolle zu bringen. Ich will einfach nur nach Hause und all das vergessen. Ich will meinen Seelenfrieden zurück und die letzten Stunden aus meinem Erinnerungsvermögen löschen. Die Wärme dringt langsam in meine Knochen und meine verkrampfen Muskeln lockern sich.

»So, das wäre erledigt!«
Eindeutig zufrieden lässt sich Alex neben mir nieder und ich schrecke hoch. Ich muss eingeschlafen sein, denn als ich einen Blick auf die Uhr vor mir im Armaturenbrett werfe, ist eine knappe Stunde vergangen. Mittlerweile ist es kurz nach zwei Uhr nachts.
»Was …? Will ich wissen, was du getan hast?«, frage ich Alex und erneut macht sich Angst in meinen Eingeweiden breit.
»Ach, ich war ganz nett«. Sein schiefes Grinsen verrät mir, dass man *nett* in diesem Fall nicht verwenden sollte.
»Ich habe bei ihm geklopft und er hat mir tatsächlich die Tür geöffnet. Er dachte, glaub ich, dass du noch einmal zurückkommst. Kannst du dir sein Gesicht vorstellen, als er mich erkannt hat?«
Sein Grinsen wird breiter und jetzt erst bemerke ich, dass sein linkes Auge beginnt zuzuschwellen. Er hat sich ein Veilchen eingehandelt.
»Ihr habt euch geprügelt?«, frage ich erschrocken und Alex nickt stolz.
»Ja, aber er kam nur dazu, ein einziges Mal auszuholen. Dumm gelaufen, würde ich sagen. Jedoch hat er mit meiner Gegenwehr nicht gerechnet. Ich habe ihm, als er bereit war, mir zuzuhören … also, nachdem er das Blut aus seiner Nase notdürftig gestoppt hatte …«, Alex Grinsen wird noch eine Spur gehässiger, »ich habe ihm, wie gesagt, klargemacht, dass er ein Riesenarschloch ist

und sich wieder in sein Boston verziehen soll. Und dann, ob du's glaubst oder nicht, hat er angefangen, zu heulen. Wie ein Baby! Was hast du nur an diesem Weichei gefunden? Aber egal. Jedenfalls hat er zugegeben, dass alles eine Lüge war. Er hat weder ein Gut noch ein Pferd. Er ist arbeitslos, hat sich an der Börse verspekuliert und wollte dich beziehungsweise mich, erpressen mit den Bildern.«
Er stockt und schaut mich an. Was soll ich dazu sagen? Ich nehme es einfach hin und beschließe, später darüber nachzudenken.
»Aber, woher wusste er, dass ich in dem Wellnesshotel bin?«, schießt mir die Frage durch den Kopf, die ich auch sofort ausspreche. Alex nickt und zieht unter seinem Sakko der Tablet von Florian heraus.
»Das habe ich ihm abgenommen. Damit hat er keine Beweisfotos mehr. Er hat zugegeben, dass er es von deiner Schwester wusste. Scheinbar muss er sich in der Nähe aufgehalten haben, bei einem Freund oder so. Und mit Rosa stand er in unregelmäßigem Kontakt. Du warst mit ihr dort, stimmt's?«
Ich nicke. Ja, Rosa hat mir gestanden, dass sie lockeren E-Mail-Kontakt mit ihm hat und auch, dass er zurück nach Deutschland kommen wollte. Allerdings hat er ihr einen anderen Grund genannt.
»Jedenfalls habe ich ihm tausend Euro gegeben und ihm nahegelegt, sich zu verpissen. Er wird dich kein weiteres Mal belästigen. Denn wenn er es tut, wird nicht nur seine Nase bluten. Das habe ich ihm versprochen.«
»Du hast was? Ihm auch noch Geld gegeben?« Ich bin schockiert. »Dafür, dass ich dem Arsch seinen Schwanz gelutscht habe ...? Wie kannst du nur?« Erneut schießen Tränen in meine Augen und ein Schauder läuft über meinen Rücken.
»Nein. Natürlich nicht deswegen. Aber ich muss sagen, dass er mir irgendwie leidtat. Er hatte noch nicht einmal das Geld, dieses Hotel zu bezahlen. Süße, dein Ex lebt auf der Straße, wenn ich das richtig verstanden habe. Das ist

der Grund, warum er mich erpressen wollte. Wie soll er denn verschwinden und sich irgendwo eine andere Bleibe suchen, wenn er keine Kohle hat.«

Ich nicke. »Aber, mit dem Geld kommt er auch nicht weit, oder?« Zweifel, ob Florian sein Versprechen hält, machen sich in mir breit.

»Das stimmt. Aber er hat zugesichert, morgen mit dem Zug zu seinen Eltern zu fahren. Sie wohnen irgendwo im Süden. Weißt du das?«

»Ja, in der Nähe von München. Ich kenne sie. Sind ganz nette Leute, aber ich habe keinen Kontakt mehr, seit … also, seit zwei Jahren. Aber dann ist er wenigstens aufgeräumt und hat ein Dach über dem Kopf. Seine Mutter wird sich freuen.« Sarkasmus schwingt in meiner Stimme und die alte Frau tut mir leid – jedoch ist das jetzt nicht mehr mein Problem.

Nach eine paar Minuten des Schweigens, in dem Alex den Motor gestartet hat und wir uns auf dem Weg nachhause befinden, drehe ich meinen Kopf und blicke den Mann, der mich soeben gerettet hat, an.

»Ich bin froh, dass du ihm Geld gegeben hast. Ganz egal, was vorher passiert ist. Ich will einfach nur, dass er aus meinem Leben verschwindet. Verstehst du das?«

»Klar«, nickt er und legt seine Hand auf meinen Oberschenkel. »Deswegen habe ich es ja getan. Ist doch gut, wenn ich immer einen Notgroschen dabei habe, stimmt's?« Er grinst und sein linkes Auge ist komplett zugeschwollen. Ich weiß, dass er eigentlich vorhatte, mit diesem Geld ein Hotelzimmer mit Emma zu buchen und sie nach dem Ball dorthin zu bringen, um sie zu verführen – dass nun alles anders gekommen ist, liegt eindeutig an mir.

»Notgroschen. So so. Bei mir ist das ein ganzes Monatsgehalt.« Ein Glucksen dringt aus meiner Kehle – irgendein Laut zwischen Lachen und Verzweiflung.

»Ja Anja. Ich bin auch froh, dass es nun erledigt ist. Und ich glaube auch, dass Florian sich an die Abmachung

hält. Falls nicht, wird er es bitter bereuen. Aber ich denke nicht, dass er so dumm ist.«
Erneutes Schweigen, in dem jeder seinen eigenen Gedanken nachhängt. Dabei ist mein Gehirn noch immer so leer, dass ich das ganze Ausmaß des Geschehens bisher noch nicht wirklich begreifen kann. Das dauert noch ein paar Tage und kommt stückchenweise, wie ich vermute.
»Danke.« Das Wort, dass ich in diesem Moment ausspreche, besteht zwar nur aus fünf Buchstaben, doch es kommt aus den Tiefen meiner Seele und hat so viel Bedeutung, wie eine ganze Rede.
»Keine Ursache, Herzchen. Dafür sind Freunde da«, lächelt Alex und ich bin sehr froh, ihn als Freund an meiner Seite zu haben.

Epilog

»Nun sagt schon ... Dieses Kleid oder lieber das von vorhin?« Emmas Wangen glühen und ich trinke noch einen Schluck des teuren Champagners, der in einem eleganten Glas vor mir steht.
Mia, Charly und Chrissy sitzen neben mir auf der weichen Couch im renommiertesten Brautmodengeschäft der Stadt und kichern.
»Wie oft denn noch? Alle Kleider sind bezaubernd. Aber das, was du im Moment trägst, ist wie für dich gemacht.« Emma strahlt und dreht sich im Kreis. Sie ist so glücklich und ich freue mich mit ihr.
In knapp zwei Monaten werden Alex und sie erst vor dem Traualtar, und später in der Kirche ihr Eheversprechen abgeben. Allem Anschein nach wird es das größte Ereignis des Jahres werden. Und ich bin eine der Brautjungfern. Genau wie die anderen Mädels habe ich bereits mein Kleid ausgesucht und fiebere zusammen mit Emma dem Ereignis entgegen. Sie hat eine exzellente

Agentur beauftragt, das Event so stilvoll wie möglich zu arrangieren und Alex ist bereits jetzt schon genervt. Aber auch er freut sich wie ein kleines Kind auf seinen großen Tag, obwohl er es nie zugeben würde. Doch ich kenne Alex noch immer besser als jede Andere. Oder zumindest anders. Unsere Freundschaft ist gewachsen und hat sich vertieft – wenn auch nicht auf erotischer Ebene. Wir sind Seelenfreunde geworden und treffen uns noch immer ab und zu in der Mittagspause. Jedoch gibt es keine Körperlichkeiten mehr - was er insgeheim sehr bedauert. Ich ebenso, aber ich habe aus der Vergangenheit gelernt und will mein Glück nicht zu sehr provozieren. Florian hat sich tatsächlich an die Abmachung gehalten und sich nur noch ein einziges Mal bei Rosa gemeldet. Auch sie hat den Kontakt komplett abgebrochen, nachdem sie ihm eine geharnischte E-Mail geschrieben hat.
Bei dem Gedanken daran muss ich lächeln. Ich bin wieder frei. In all meinen Entscheidungen, Taten und Gedanken. So schnell werde ich mich nicht mehr auf einen Mann einlassen. Wozu auch? Wenn mir der Sinn nach einem erotischen Abenteuer steht, dann gehe ich in die Stadt und suche mir einen Typen für eine Nacht. Manchmal darf er sogar zum Frühstück bleiben. Ich will mich ganz einfach nicht mehr verlieben und bin froh, dass mein Leben so ist, wie es ist. Auch in meinem Job mache ich gute Fortschritte und habe schon das eine oder andere Objekt verkauft. Simone hat sich tatsächlich mit dem Typen aus dem Fitnessstudio eingelassen und die beiden sind nun ein glückliches Paar. Ich freue mich immer, wenn sie mir von ihren Unternehmungen berichtet. Bei ihren Versuchen, mich zu verkuppeln, blocke ich allerdings regelmäßig ab. Neulich sagte sie zu mir, dass ich noch als alte Jungfrau sterben und so nie einen Ring am Finger tragen werde. Aber seit wann brauche ich dafür einen Mann? Ich habe mir selbst einen Ring geschenkt: Blauer Topas in Silber gefasst. In diesem Moment fällt mein Blick auf genau jenen Ring und ich lächle erneut.

»Also dann dieses Kleid?«, fragt Emma zum gefühlt tausendsten Mal und unisono dringt ein »Ja« aus vier Frauenkehlen. Ich bin glücklich.

ENDE

Danke

… an alle, die mein Buch gelesen haben und es genau so sehr mögen wir ich. Wie immer freue mich über eine Rezension bei Amazon – nur so weiß ich, wie mein geschriebenes Wort bei den Lesern ankommt und ob es gefallen hat.

Ein ganz herzliches DANKE geht besonders an meine Lektorin *Mikki Patrick*, die mit viel Herzblut, Schweiß und Mühe ihre Zeit investiert hat und Anja zu ihrer »Geburt« verholfen hat. Die Veröffentlichung eines Buches ist immer wie das Entlassen eines Babys in die Welt. Danke, dass Du mir geholfen hast.

Vielen Dank auch an *Sinya Ambar Coverdesign* für das tolle Cover. Es war wirklich ein Wink des Schicksals, dass wir uns gefunden haben.

Ein ganz herzliches DANKE geht natürlich wie immer an meine Familie und meine wahren Freunde, die mich unterstützen, mir stundenlang ihr Ohr leihen und nicht müde werden mich zu motivieren. Danke, dass es EUCH gibt.

Zum Schluss will ich der Person danken, die mich zu dieser Geschichte inspiriert hat. Ohne DICH gäbe es Anja so nicht. Danke für Deine Inspiration.

Mehr Informationen zu mir und meinen Büchern gibt es auf:

www.christinas-buchstabenmeer.blogspot.de

Ich freue mich auf einen Besuch auf meinem Blog.

Weitere Bücher:

Brennende Liebe – Christina Stöger

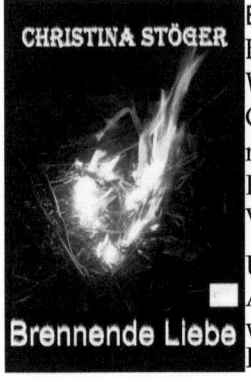

Ein packender Liebesroman Keine Beziehung? Nun ein One-Night-Stand? War es wirklich das, was sie wollte? Chrissy hat sich unsterblich verliebt, natürlich wieder in den vermeintlich Falschen. Aber weiß man das vorher? Vielleicht wird ja doch noch alles gut?

Und somit begibt sie sich in ein Abenteuer, das ihre Welt verändern wird - denn Liebe brennt nicht nur im Herzen ...

144 Seiten, **Verlag:** Edition Paashaas Verlag EPV; 1. August 2013

ISBN-10: 3942614529 **ISBN-13:** 978-3942614528

Ein Glas Leben – Christina Stöger

19 Kurzgeschichten - ein mörderisch guter Cocktail zum Abschalten vom Alltag. Begleiten Sie die Autorin auf eine Reise durch Leben, Liebe und Tod. Denn ein Glas Leben hat viele Facetten und bringt Spannung, Unterhaltung und auch den einen oder anderen Mord.

Dieses Buch ist so vielfältig, wie das Leben selbst. Geschichten aus dem Alltag, die Abwechslung bieten. Ob Schutzengel, Feuerteufel, der eigene Schweinehund oder gar eine Handy freie Zone - denn nichts ist spannender als das wahre Leben.

184 Seiten **Verlag:** Edition Paashaas Verlag EPV; 14. Mai 2014

ISBN-10: 3942614766 **ISBN-13:** 978-3942614764

Mia und der blaue Schal – Christina Stöger

Nach einem misslungenen Selbstmordversuch wird Mia Falter in die psychosomatische Klinik am Meer eingewiesen und lernt dort die Psychologin Katharina Pescado kennen. Die Sitzungen sind erfolgreich und nach einiger Zeit beginnt Mia ihr neues Leben. Doch es ist nicht so einfach, wie sie es sich vorgestellt hat. In ihrer Umgebung passieren einige Morde, in die sie verwickelt zu sein scheint – allerdings kann sie sich nicht erinnern, diese gesehen zu haben, geschweige denn, dass sie als Zeugin eine Aussage dazu machen könnte ...

240 Seiten **Verlag:** Books on Demand; Auflage: 1 31. März 2015

ISBN-10: 3734744954 **ISBN-13:** 978-3734744952

Momente des Lichts – lichtvolle Lyrik – Christina Stöger

Leben, Liebe, Licht, Freundschaft, Hoffnung und Trost - 74 emotionale und lichtvolle Gedichte sind in diesem Buch auf 150 Seiten vereint. Zusammen mit wundervollen, teilweise farbigen Bildern fügen sie sich harmonisch zu einem Werk zusammen, das den Leser durch das Leben begleitet. Eigene Emotionen oder Situationen von Freunden hat die Autorin Christina Stöger in Reime verpackt, um ein kleines Licht der Hoffnung in die Herzen ihrer Leser zu tragen.

164 Seiten Books on Demand; 9. November 2015

ISBN-10: 3739204028 **ISBN-13:** 978-3739204024

Vita - Christina Stöger

1980 in Hamburg geboren, lebt Christina Stöger glücklich verheiratet nun im Süden Deutschlands. Ob im Café oder beim Spaziergang mit ihrem Hund – immer ist sie bereit, von Freunden erlebte Geschichten oder eigene Gedanken und Gefühle mitgroßer Emotion zu Papier zu bringen. Lyrik und Prosa schreibt sie mit viel Herz und Gefühl.Nach abgeschlossener Fachhochschulreife und IHK-Abschluss zur Bürokauffrau widmet sie sich seit 2010 dem geschriebenem Wort.

In ihrem Lyrikbuch »Momente des Lichts – lichtvolle Lyrik« gewährt sie durch ihre Texte und eigenen Bildern einen kleinen Einblick in ihre Welt und versucht, einen Moment der Ruhe in dieser schnelllebigen Zeit zu schaffen.

2013 erschien ihr Liebesroman «Brennende Liebe» und 2014 die Kurzgeschichtensammlung »Ein Glas Leben« beim epv-Verlag.

2015 folgte der Psychothriller »Mia und der blaue Schal« im Selbstverlag.